CLASSIQUES & CIE
LYCÉE

Alfred de Musset

Les Caprices de Marianne (1833)

Texte intégral suivi d'un dossier critique pour la préparation du bac français

Collection dirigée par
Johan Faerber

Notes et dossier
Catherine Grall
agrégée de lettres modernes
maître de conférences en littérature générale et comparée
à l'université de Picardie-Jules Verne

Hatier

[redacted]

LES CAPRICES DE MARIANNE

LE DOSSIER

REPÈRES CULTURELS ET BIOGRAPHIQUES

PISTES DE LECTURE ET EXERCICES

Conception graphique de la maquette :
Texte : c-album, Jean-Baptiste Taisne, Rachel Pfleger
Dossier : Jehanne-Marie Husson
Principe de couverture : Double
Mise en pages : Chesteroc Ltd
Suivi éditorial : Charlotte Monnier

ISBN : 978-2-218-96229-5

OBJECTIF BAC

POUR ALLER PLUS LOIN

LES CAPRICES DE MARIANNE

Comédie

Personnages

CLAUDIO, *juge*
MARIANNE, *sa femme*
CŒLIO
OCTAVE
TIBIA, *valet de Claudio*
CIUTA, *vieille femme*
HERMIA, *mère de Cœlio*
DOMESTIQUES
MALVOLIO, *intendant d'Hermia*

Naples

Acte premier

Scène première

Une rue devant la maison de Claudio[1].
MARIANNE *sortant de chez elle, un livre de messe à la main ;* CIUTA *l'aborde.*

CIUTA. – Ma belle dame, puis-je vous dire un mot ?

MARIANNE. – Que me voulez-vous ?

CIUTA. – Un jeune homme de cette ville est éperdument amoureux de vous ; depuis un mois entier il cherche vainement l'occasion de vous l'apprendre. Son nom est Cœlio ; il est d'une noble famille et d'une figure[2] distinguée.

MARIANNE. – En voilà assez. Dites à celui qui vous envoie qu'il perd son temps et sa peine, et que s'il a l'audace de me faire entendre une seconde fois un pareil langage, j'en instruirai mon mari.

Elle sort.

CŒLIO, *entrant.* – Et bien ! Ciuta, qu'a-t-elle dit ?

---

1. Les décors prévus dans la version initiale de la pièce, publiée en revue en 1833, puis en volume en 1834 et en 1840, ont été modifiés lorsqu'il s'est agi de la mettre en scène en 1851. Musset décida de faire jouer le tout, qui impliquait un changement à chacune des neuf scènes, dans un seul décor : « une place devant la maison de Claudio ». Il a également modifié quelques transitions entre scènes. \ **2.** La figure désigne ici l'ensemble du physique de Cœlio.

CIUTA. – Plus dévote[1] et plus orgueilleuse que jamais. Elle instruira son mari, dit-elle, si on la poursuit plus longtemps.

CŒLIO. – Ah ! malheureux que je suis, je n'ai plus qu'à mourir. Ah ! la plus cruelle de toutes les femmes ! Et que me conseilles-tu, Ciuta ? Quelle ressource puis-je encore trouver ?

CIUTA. – Je vous conseille d'abord de sortir d'ici, car voici son mari qui la suit.

Ils sortent.

Entrent Claudio et Tibia.

CLAUDIO. – Es-tu mon fidèle serviteur ? mon valet de chambre dévoué ? Apprends que j'ai à[2] me venger d'un outrage.

TIBIA. – Vous, Monsieur !

CLAUDIO. – Moi-même, puisque ces impudentes[3] guitares ne cessent de murmurer sous les fenêtres de ma femme. Mais, patience ! tout n'est pas fini. – Écoute un peu de ce côté-ci : voilà du monde qui pourrait nous entendre. Tu m'iras chercher ce soir le spadassin[4] que je t'ai dit.

TIBIA. – Pour quoi faire ?

CLAUDIO. – Je crois que Marianne a des amants.

TIBIA. – Vous croyez, Monsieur ?

CLAUDIO. – Oui ; il y a autour de ma maison une odeur d'amants ; personne ne passe naturellement devant ma porte ; il y pleut des guitares et des entremetteuses[5].

---

1. *Dévote* : personne très attachée à la religion et à ses pratiques. Molière a fustigé, au XVIIe siècle, les faux dévots, qui feignent seulement la ferveur religieuse. \ **2.** *J'ai à* : « avoir à » est employé dans le sens de « devoir ». \ **3.** *Impudentes* : insolentes, effrontées. L'adjectif est appliqué à l'instrument de musique, personnifié plus loin avec le verbe « murmurer », alors qu'il caractérise celui qui en joue. \ **4.** *Spadassin* : homme d'épée, dont on peut acheter les services pour de basses œuvres. \ **5.** *Entremetteuse* : femme qui arrange des mariages.

TIBIA. – Est-ce que vous pouvez empêcher qu'on donne des sérénades[1] à votre femme ?

CLAUDIO. – Non ; mais je puis poster un homme derrière la poterne[2] et me débarrasser du premier qui entrera.

TIBIA. – Fi ! votre femme n'a pas d'amants. – C'est comme si vous disiez que j'ai des maîtresses.

CLAUDIO. – Pourquoi n'en aurais-tu pas, Tibia ? Tu es fort laid, mais tu as beaucoup d'esprit.

TIBIA. – J'en conviens, j'en conviens.

CLAUDIO. – Regarde, Tibia, tu en conviens toi-même ; il n'en faut plus douter, et mon déshonneur est public.

TIBIA. – Pourquoi public ?

CLAUDIO. – Je te dis qu'il est public.

TIBIA. – Mais, Monsieur, votre femme passe pour un dragon de vertu[3] dans toute la ville ; elle ne voit personne, elle ne sort de chez elle que pour aller à la messe.

CLAUDIO. – Laisse-moi faire. – Je ne me sens pas de[4] colère après tous les cadeaux qu'elle a reçus de moi. – Oui, Tibia, je machine[5] en ce moment une épouvantable trame, et me sens prêt à mourir de douleur.

TIBIA. – Oh ! que non.

CLAUDIO. – Quand je te dis quelque chose, tu me ferais plaisir de le croire.

Ils sortent.

CŒLIO, *rentrant*. – Malheur à celui qui, au milieu de la jeunesse, s'abandonne à un amour sans espoir ! Malheur à celui qui se

1. *Sérénade* : concert éventuellement chanté, donné sous les fenêtres de quelqu'un à qui on rend hommage ou que l'on courtise. \ 2. *Poterne* : porte dérobée dans une muraille \ 3. *Dragon de vertu* : expression ironique qui désigne une femme si soucieuse de son honnêteté relative à ses mœurs qu'elle effraie tous ceux qui l'approchent. \ 4. *Ne pas se sentir de* : être hors de soi, transporté par un sentiment. \ 5. *Machiner* : préparer secrètement.

livre à une douce rêverie, avant de savoir où sa chimère le mène, et s'il peut être payé de retour ! Mollement couché dans une barque, il s'éloigne peu à peu de la rive ; il aperçoit au loin des plaines enchantées, de vertes prairies et le mirage léger de son Eldorado. Les vents l'entraînent en silence, et quand la réalité le réveille, il est aussi loin du but où il aspire que du rivage qu'il a quitté ; il ne peut plus ni poursuivre sa route ni revenir sur ses pas. *(On entend un bruit d'instruments.)* Quelle est cette mascarade[1] ? N'est-ce pas Octave que j'aperçois ?

Entre Octave.

OCTAVE. – Comment se porte, mon bon monsieur, cette gracieuse mélancolie ?

CŒLIO. – Octave ! ô fou que tu es ! tu as un pied[2] de rouge sur les joues ! D'où te vient cet accoutrement ? N'as-tu pas de honte en plein jour ?

OCTAVE. – Ô Cœlio ! fou que tu es ! tu as un pied de blanc sur les joues ! – D'où te vient ce large habit noir ? N'as-tu pas de honte en plein carnaval[3] ?

CŒLIO. – Quelle vie que la tienne ! Ou tu es gris[4], ou je le suis moi-même.

OCTAVE. – Ou tu es amoureux, ou je le suis moi-même.

CŒLIO. – Plus que jamais de la belle Marianne.

OCTAVE. – Plus que jamais de vin de Chypre.

CŒLIO. – J'allais chez toi quand je t'ai rencontré.

1. *Mascarade* : divertissement souvent dansé, chanté et accompagné de musique, donné par des personnes déguisées. \ 2. Unité de mesure valant 32,48 centimètres. Exagération à effet comique dans cette réplique. \ 3. La critique a relevé une influence possible de l'écrivain romantique allemand Ludwig Tieck (1773-1853) sur Musset : en 1832, dans la *Revue de Paris*, avait paru une traduction de son conte *L'Enchantement d'amour*, qui opposent deux amis ressemblant à Cœlio et Octave, s'exprimant dans des répliques et un contexte très proches de ce passage. \ 4. Jeu de mots reposant sur le double sens de l'adjectif qui, au sens propre, désigne une teinte et, au sens figuré, est synonyme de « saoul ».

OCTAVE. – Et moi aussi j'allais chez moi. Comment se porte ma maison ? Il y a huit jours que je ne l'ai vue.

CŒLIO. – J'ai un service à te demander.

OCTAVE. – Parle, Cœlio, mon cher enfant. Veux-tu de l'argent ? je n'en ai plus. Veux-tu des conseils ? je suis ivre. Veux-tu mon épée ; voilà une batte d'Arlequin[1]. Parle, parle, dispose de moi.

CŒLIO. – Combien de temps cela durera-t-il ? Huit jours hors de chez toi ! Tu te tueras, Octave.

OCTAVE. – Jamais de ma propre main, mon ami, jamais ; j'aimerais mieux mourir que d'attenter à mes jours[2].

CŒLIO. – Et n'est-ce pas un suicide comme un autre, que la vie que tu mènes !

OCTAVE. – Figure-toi un danseur de corde, en brodequins[3] d'argent, le balancier[4] au poing, suspendu entre le ciel et la terre ; à droite et à gauche, de vieilles petites figures racornies, de maigres et pâles fantômes, des créanciers agiles, des parents et des courtisanes, toute une légion de monstres se suspendent à son manteau et le tiraillent de tous côtés pour lui faire perdre l'équilibre ; des phrases redondantes, de grands mots enchâssés cavalcadent[5] autour de lui ; une nuée de prédictions sinistres l'aveugle de ses ailes noires. Il continue sa course légère de l'orient à l'occident. S'il regarde en bas, la tête lui tourne ; s'il regarde en haut, le pied lui manque. Il va plus vite que le vent, et toutes les mains tendues autour de lui ne lui feront pas renverser une goutte

1. Cet instrument est une épée en bois dont se sert Arlequin, personnage comique issu de la *commedia dell'arte*. \ **2.** Humour noir, qui place discrètement la pièce sous un jour macabre. \ **3.** *Brodequins* : chaussures montantes. \ **4.** *Balancier* : long bâton qui équilibre le funambule. \ **5.** *Cavalcader* : courir de façon désordonnée.

de la coupe joyeuse qu'il porte à la sienne. Voilà ma vie, mon cher ami ; c'est ma fidèle image que tu vois.

CŒLIO. – Que tu es heureux d'être fou !

OCTAVE. – Que tu es fou de ne pas être heureux ! Dis-moi un peu, toi, qu'est-ce qui te manque ?

CŒLIO. – Il me manque le repos, la douce insouciance qui fait de la vie un miroir où tous les objets se peignent un instant et sur lequel tout glisse. Une dette pour moi est un remords. L'amour, dont vous autres vous faites un passe-temps, trouble ma vie entière. Ô mon ami, tu ignoreras toujours ce que c'est qu'aimer comme moi ! Mon cabinet d'étude est désert ; depuis un mois j'erre autour de cette maison la nuit et le jour. Quel charme j'éprouve au lever de la lune, à conduire sous ces petits arbres, au fond de cette place, mon chœur modeste de musiciens, à marquer moi-même la mesure, à les entendre chanter la beauté de Marianne ! Jamais elle n'a paru à sa fenêtre ; jamais elle n'est venue appuyer son front charmant sur sa jalousie[1].

OCTAVE. – Qui est cette Marianne? est-ce que c'est ma cousine ?

CŒLIO. – C'est elle-même, la femme du vieux Claudio.

OCTAVE. – Je ne l'ai jamais vue. Mais à coup sûr elle est ma cousine. Claudio est fait exprès. Conte-moi tes intérêts, Cœlio.

CŒLIO. – Tous les moyens que j'ai tentés pour lui faire connaître mon amour ont été inutiles. Elle sort du couvent ; elle aime son mari, et respecte ses devoirs. Sa porte est fermée à tous les jeunes gens de la ville, et personne ne peut l'approcher.

1. *Jalousie* : volet composé de petites lames, qui permet de voir sans être vu.

OCTAVE. – Ouais ! est-elle jolie ? – Sot que je suis ! tu l'aimes, cela n'importe guère. Que pourrions-nous imaginer ?

CŒLIO. – Faut-il te parler franchement ? ne te riras-tu pas de moi ?

OCTAVE. – Laisse-moi rire de toi, et parle franchement.

CŒLIO. – En ta qualité de[1] parent, tu dois être reçu dans la maison.

OCTAVE. – Suis-je reçu ? Je n'en sais rien. Admettons que je suis reçu. À te dire vrai, il y a une grande différence entre mon auguste famille et une botte d'asperge. Nous ne formons pas un faisceau[2] bien serré, et nous ne tenons guère les uns aux autres que par écrit. Cependant Marianne connaît mon nom. Faut-il lui parler en ta faveur ?

CŒLIO. – Vingt fois j'ai tenté de l'aborder ; vingt fois j'ai senti mes genoux fléchir en approchant d'elle. J'ai été forcé de lui envoyer la vieille Ciuta. Quand je la vois, ma gorge se serre et j'étouffe, comme si mon cœur se soulevait jusqu'à mes lèvres.

OCTAVE. – J'ai éprouvé cela. C'est ainsi qu'au fond des forêts, lorsqu'une biche avance à petits pas sur les feuilles sèches, et que le chasseur entend les bruyères glisser sur ses flancs inquiets, comme le frôlement d'une robe légère, les battements de cœur le prennent malgré lui ; il soulève son arme en silence, sans faire un pas et sans respirer.

CŒLIO. – Pourquoi donc suis-je ainsi ? N'est-ce pas une vieille maxime parmi les libertins[3], que toutes les femmes se

---

1. *En ta qualité de* : en tant que. \ **2.** *Faisceau* : objets semblables de forme allongée liés ensemble. \ **3.** *Libertins* : hommes aux mœurs légères, qui se soucient uniquement de leur plaisir, et pas de morale. Ce nom peut aussi qualifier, par ailleurs, des libres penseurs. La question du libertinage, vive en France au XVIIe siècle, s'est développée au XVIIIe siècle.

ressemblent ? Pourquoi donc y a-t-il si peu d'amours qui se ressemblent ? En vérité, je ne saurais aimer cette femme comme toi, Octave, tu l'aimerais, ou comme j'en aimerais une autre. Qu'est-ce donc pourtant que tout cela ? Deux yeux bleus, deux lèvres vermeilles, une robe blanche et deux blanches mains. Pourquoi ce qui te rendrait joyeux et empressé, ce qui t'attirerait, toi, comme l'aiguille aimantée attire le fer, me rend-il triste et immobile ? Qui pourrait dire : ceci est gai ou triste ? La réalité n'est qu'une ombre. Appelle imagination ou folie ce qui la divinise. – Alors la folie est la beauté elle-même. Chaque homme marche enveloppé d'un réseau[1] transparent qui le couvre de la tête aux pieds : il croit voir des bois et des fleuves, des visages divins, et l'universelle nature se teint sous ses regards des nuances infinies du tissu magique. Octave ! Octave ! viens à mon secours.

OCTAVE. – J'aime ton amour, Cœlio ; il divague dans ta cervelle comme un flacon syracusain[2]. Donne-moi la main ; je viens à ton secours, attends un peu. L'air me frappe au visage, et les idées me reviennent. Je connais cette Marianne ; elle me déteste fort, sans m'avoir jamais vu. C'est une mince poupée qui marmotte des *Ave*[3] sans fin.

CŒLIO. – Fais ce que tu voudras, mais ne me trompe pas, je t'en conjure ; il est aisé de me tromper ; je ne sais pas me défier d'une action que je ne voudrais pas faire moi-même.

OCTAVE. – Si tu escaladais les murs ?

CŒLIO. – Entre elle et moi est une muraille imaginaire que je n'ai pu escalader.

---

1. *Réseau* : étoffe aux mailles lâches, voire un filet. \ **2.** *Syracusain* : bouteille de vin de Syracuse. Cette phrase fait allusion de manière poétique et comique au penchant à l'ivresse d'Octave. \ **3.** Premier mot de l'*Ave Maria*, prière que les chrétiens adressent à la Vierge.

OCTAVE. – Si tu lui écrivais ?

CŒLIO. – Elle déchire mes lettres ou me les renvoie.

OCTAVE. – Si tu en aimais une autre ? Viens avec moi chez Rosalinde.

CŒLIO. – Le souffle de ma vie est à Marianne ; elle peut d'un mot de ses lèvres l'anéantir ou l'embraser [1]. Vivre pour une autre me serait plus difficile que de mourir pour elle ; ou je réussirai, ou je me tuerai. Silence ! la voici qui rentre ; elle détourne [2] la rue.

OCTAVE. – Retire-toi, je vais l'aborder.

CŒLIO. – Y penses-tu ? dans l'équipage [3] où te voilà ! Essuie-toi le visage : tu as l'air d'un fou.

OCTAVE. – Voilà qui est fait. L'ivresse et moi, mon cher Cœlio, nous nous sommes trop chers l'un à l'autre pour nous jamais disputer [4] ; elle fait mes volontés comme je fais les siennes. N'aie aucune crainte là-dessus ; c'est le fait d' [5] un étudiant en vacances qui se grise un jour de grand dîner, de perdre la tête et de lutter avec le vin ; moi, mon caractère est d'être ivre ; ma façon de penser est de me laisser faire, et je parlerais au roi en ce moment, comme je vais parler à ta belle.

CŒLIO. – Je ne sais ce que j'éprouve. – Non, ne lui parle pas.

OCTAVE. – Pourquoi ?

CŒLIO. – Je ne puis dire pourquoi ; il me semble que tu vas me tromper [6].

---

1. *Embraser* : incendier, à partir de braises comparables ici au « souffle de vie » dont parle Cœlio ; le verbe s'applique aussi à la passion amoureuse. \ **2.** Elle change de direction et emprunte cette rue. \ **3.** *Équipage* : habillement d'Octave, avec une connotation péjorative. \ **4.** *Si chers… pour nous jamais disputer* : si chers… que nous ne nous disputerons jamais. \ **5.** *Le fait de* : typique de. \ **6.** Musset programme ici la fin de la pièce à travers un vague pressentiment du malheureux Cœlio, pressentiment déjà implicite plus haut : « Fais ce que tu voudras, mais ne me trompe pas, je t'en conjure ; il est aisé de me tromper ; je ne sais pas me défier d'une action que je ne voudrais pas faire moi-même » (l. 184-186).

OCTAVE. – Touche là. Je te jure sur mon honneur que Marianne sera à toi, ou à personne au monde, tant que j'y pourrai quelque chose.

Cœlio sort.

Entre Marianne. Octave l'aborde.

OCTAVE. – Ne vous détournez pas, princesse de beauté ! laissez tomber vos regards sur le plus indigne de vos serviteurs.

MARIANNE. – Qui êtes-vous ?

OCTAVE. – Mon nom est Octave ; je suis cousin de votre mari.

MARIANNE. – Venez-vous pour le voir ? entrez au logis, il va revenir.

OCTAVE. – Je ne viens pas pour le voir, et n'entrerai point au logis, de peur que vous ne m'en chassiez tout à l'heure[1], quand je vous aurai dit ce qui m'amène.

MARIANNE. – Dispensez-vous donc de le dire et de m'arrêter plus longtemps.

OCTAVE. – Je ne saurais m'en dispenser, et vous supplie de vous arrêter pour l'entendre. Cruelle Marianne ! vos yeux ont causé bien du mal, et vos paroles ne sont pas faites pour le guérir. Que vous avait fait Cœlio ?

MARIANNE. – De qui parlez-vous, et quel mal ai-je causé ?

OCTAVE. – Un mal le plus cruel de tous, car c'est un mal sans espérance ; le plus terrible, car c'est un mal qui se chérit lui-même, et repousse la coupe salutaire jusque dans la main de l'amitié ; un mal qui fait pâlir les lèvres sous des poisons plus doux que l'ambroisie[2], et qui fond en une pluie de larmes le cœur le plus dur, comme la perle de Cléopâtre[3] ; un mal que

1. *Tout à l'heure* : bientôt. \ 2. *Ambroisie* : nectar dont se nourrissent les dieux de la mythologie antique. \ 3. Allusion à la légende selon laquelle la reine égyptienne, après avoir parié contre Antoine qu'elle pourrait dépenser dix millions de sesterces à table, but un verre de vinaigre dans lequel elle avait fait dissoudre une perle précieuse.

tous les aromates, toute la science humaine ne sauraient soulager, et qui se nourrit du vent qui passe, du parfum d'une rose fanée, du refrain d'une chanson, et qui suce l'éternel aliment de ses souffrances dans tout ce qui l'entoure, comme une abeille son miel dans tous les buissons d'un jardin.

MARIANNE. – Me direz-vous le nom de ce mal ?

OCTAVE. – Que celui qui est digne de le prononcer vous le dise ; que les rêves de vos nuits, que ces orangers verts, cette fraîche cascade vous l'apprennent ; que vous puissiez le chercher un beau soir, vous le trouverez sur vos lèvres ; son nom n'existe pas sans lui.

MARIANNE. – Est-il si dangereux à dire, si terrible dans sa contagion, qu'il effraie une langue qui plaide en sa faveur ?

OCTAVE. – Est-il si doux à entendre, cousine, que vous le demandiez ? Vous l'avez appris à Cœlio.

MARIANNE. – C'est donc sans le vouloir ; je ne connais ni l'un ni l'autre.

OCTAVE. – Que vous les connaissiez ensemble, et que vous ne les sépariez jamais, voilà le souhait de mon cœur.

MARIANNE. – En vérité ?

OCTAVE. – Cœlio est le meilleur de mes amis ; si je voulais vous faire envie, je vous dirais qu'il est beau comme le jour, jeune, noble, et je ne mentirais pas ; mais je ne veux que vous faire pitié, et je vous dirai qu'il est triste comme la mort, depuis le jour où il vous a vue.

MARIANNE. – Est-ce ma faute s'il est triste ?

OCTAVE. – Est-ce sa faute si vous êtes belle ? Il ne pense qu'à vous ; à toute heure il rôde autour de cette maison. N'avez-vous jamais entendu chanter sous vos fenêtres ? N'avez-vous jamais soulevé, à minuit, cette jalousie et ce rideau ?

MARIANNE. – Tout le monde peut chanter le soir, et cette place appartient à tout le monde.

OCTAVE. – Tout le monde aussi peut vous aimer ; mais personne ne peut vous le dire. Quel âge avez-vous, Marianne ?

MARIANNE. – Voilà une jolie question ! et si je n'avais que dix-neuf ans, que voudriez-vous que j'en pense ?

OCTAVE. – Vous avez donc encore cinq ou six ans pour être aimée, huit ou dix pour aimer vous-même, et le reste pour prier Dieu.

MARIANNE. – Vraiment ? Eh bien ! pour mettre le temps à profit, j'aime Claudio, votre cousin et mon mari.

OCTAVE. – Mon cousin et votre mari ne feront jamais à eux deux qu'un pédant de village ; vous n'aimez point Claudio.

MARIANNE. – Ni Cœlio ; vous pouvez le lui dire.

OCTAVE. – Pourquoi ?

MARIANNE. – Pourquoi n'aimerais-je pas Claudio ? C'est mon mari.

OCTAVE. – Pourquoi n'aimeriez-vous pas Cœlio ? C'est votre amant [1].

MARIANNE. – Me direz-vous aussi pourquoi je vous écoute ? Adieu, seigneur Octave ; voilà une plaisanterie qui a duré assez longtemps.

Elle sort.

OCTAVE. – Ma foi, ma foi ! elle a de beaux yeux.

Il sort.

1. Ce mot a longtemps qualifié celui qui aime, sans nécessairement voir ses désirs exaucés.

Scène 2

La maison de Cœlio.

HERMIA[1], PLUSIEURS DOMESTIQUES, MALVOLIO

HERMIA. – Disposez ces fleurs comme je vous l'ai ordonné ; a-t-on dit aux musiciens de venir ?

UN DOMESTIQUE. – Oui, Madame ; ils seront ici à l'heure du souper.

HERMIA. – Ces jalousies fermées sont trop sombres ; qu'on laisse entrer le jour sans laisser entrer le soleil. – Plus de fleurs autour de ce lit ; le souper est-il bon ? Aurons-nous notre belle voisine, la comtesse Pergoli ? À quelle heure est sorti mon fils ?

MALVOLIO. – Pour être sorti, il faudrait d'abord qu'il fût rentré. Il a passé la nuit dehors.

HERMIA. – Vous ne savez pas ce que vous dites. – Il a soupé hier avec moi, et m'a ramenée ici. A-t-on fait porter dans le cabinet d'étude le tableau que j'ai acheté ce matin ?

MALVOLIO. – Du vivant de son père, il n'en aurait pas été ainsi. Ne dirait-on pas que notre maîtresse a dix-huit ans, et qu'elle attend son sigisbée[2] ?

HERMIA. – Mais du vivant de sa mère, il en est ainsi, Malvolio. Qui vous a chargé de veiller sur sa conduite ? Songez-y : que Cœlio ne rencontre pas sur son passage un visage de mauvais augure ; qu'il ne vous entende pas grommeler entre vos dents, comme un chien de basse-cour à qui l'on dispute l'os

1. Le personnage d'Hermia, très aimante, et qui témoigne d'une grande complicité passée avec son fils, aurait été inspiré à Musset par sa propre mère. \ **2.** *Sigisbée* : chevalier servant d'une dame.

qu'il veut ronger, ou, par le ciel, pas un de vous ne passera la nuit sous ce toit.

MALVOLIO. – Je ne grommelle rien ; ma figure n'est pas un mauvais présage : vous me demandez à quelle heure est sorti mon maître, et je vous réponds qu'il n'est pas rentré. Depuis qu'il a l'amour en tête, on ne le voit pas quatre fois la semaine.

HERMIA. – Pourquoi ces livres sont-ils couverts de poussière ? Pourquoi ces meubles sont-ils en désordre ? Pourquoi faut-il que je mette ici la main[1] à tout, si je veux obtenir quelque chose ? Il vous appartient[2] bien de lever les yeux sur ce qui ne vous regarde pas, lorsque votre ouvrage est à moitié fait, et que les soins[3] dont on vous charge retombent sur les autres. Allez, et retenez votre langue. *(Entre Cœlio.)* Eh bien ! mon cher enfant, quels seront vos plaisirs aujourd'hui ?

Les domestiques se retirent.

CŒLIO. – Les vôtres, ma mère.

Il s'assoit.

HERMIA. – Eh ! quoi ! les plaisirs communs, et non les peines communes ? C'est un partage injuste, Cœlio. Ayez des secrets pour moi, mon enfant, mais non pas de ceux qui vous rongent le cœur, et vous rendent insensible à tout ce qui vous entoure.

CŒLIO. – Je n'ai point de secret, et plût à Dieu, si j'en avais, qu'ils fussent de nature à faire de moi une statue[4] !

HERMIA. – Quand vous aviez dix ou douze ans, toutes vos peines, tous vos petits chagrins se rattachaient à moi ; d'un

1. *Mettre la main* : participer au travail. \ 2. *Il vous appartient* : il vous convient bien, c'est bien votre rôle. L'expression est évidemment ironique. \ 3. *Soins* : tâches. \ 4. C'est-à-dire, « si j'avais des secrets, plût à Dieu que je reste muet et ne les révèle pas ».

regard sévère ou indulgent de ces yeux que voilà, dépendait la tristesse ou la joie des vôtres, et votre petite tête blonde tenait par un fil bien délié au cœur de votre mère. Maintenant, mon enfant, je ne suis plus que votre vieille sœur, incapable peut-être de soulager vos ennuis, mais non pas de les partager.

CŒLIO. – Et vous aussi, vous avez été belle ! Sous ces cheveux argentés qui ombragent votre noble front, sous ce long manteau qui vous couvre, l'œil reconnaît encore le port majestueux d'une reine, et les formes gracieuses d'une Diane chasseresse[1]. Ô ma mère ! vous avez inspiré l'amour ! Sous vos fenêtres entrouvertes a murmuré le son de la guitare ; sur ces places bruyantes, dans le tourbillon de ces fêtes, vous avez promené une insouciante et superbe jeunesse ; vous n'avez point aimé ; un parent de mon père est mort d'amour pour vous.

HERMIA. – Quel souvenir me rappelles-tu ?

CŒLIO. – Ah ! si votre cœur peut en supporter la tristesse, si ce n'est pas vous demander des larmes, racontez-moi cette aventure, ma mère, faites-m'en connaître les détails.

HERMIA. – Votre père ne m'avait jamais vue dehors[2]. Il se chargea, comme allié[3] de ma famille, de faire agréer la demande du jeune Orsini qui voulait m'épouser. Il fut reçu comme le méritait son rang, par votre grand-père, et admis dans notre intimité. Orsini était un excellent parti, et cependant je le refusai. Votre père, en plaidant pour lui, avait tué dans mon cœur le peu d'amour qu'il m'avait inspiré pendant

1. *Diane chasseresse* : déesse de la mythologie latine, célèbre pour sa beauté et son caractère farouche. \ **2.** Ne connaissait pas mon aspect extérieur, ne m'avait jamais vue. \ **3.** *Allié* : qui est lié par le sang, ou par une relation d'amitié et d'intérêt.

deux mois d'assiduités constantes. Je n'avais pas soupçonné la force de sa passion pour moi. Lorsqu'on lui apporta ma réponse, il tomba, privé de connaissance, dans les bras de votre père. Cependant une longue absence, un voyage qu'il entreprit alors, et dans lequel il augmenta sa fortune, devaient avoir dissipé ses chagrins. Votre père changea de rôle, et demanda pour lui ce qu'il n'avait pu obtenir pour Orsini. Je l'aimais d'un amour sincère, et l'estime qu'il avait inspirée à mes parents ne me permit pas d'hésiter. Le mariage fut décidé le jour même, et l'église s'ouvrit pour nous quelques semaines après. Orsini revint à cette époque. Il fut[1] trouver votre père, l'accabla de reproches, l'accusa d'avoir trahi sa confiance, et d'avoir causé le refus qu'il avait essuyé. Du reste, ajouta-t-il, si vous avez désiré ma perte, vous serez satisfait. Épouvanté de ces paroles, votre père vint trouver le mien, et lui demander son témoignage pour désabuser[2] Orsini. – Hélas ! il n'était plus temps ; on trouva dans sa chambre le pauvre jeune homme traversé de part en part de plusieurs coups d'épée.

Scène 3

Le jardin de Claudio.
Entrent CLAUDIO *et* TIBIA.

CLAUDIO. – Tu as raison, et ma femme est un trésor de pureté. Que te dirai-je de plus ? c'est une vertu solide.

1. *Fut* : alla. \ **2.** *Désabuser* : détromper, faire sortir de l'erreur.

TIBIA. – Vous croyez, Monsieur ?

CLAUDIO. – Peut-elle empêcher qu'on ne chante sous ses croisées[1] ? Les signes d'impatience qu'elle peut donner dans son intérieur sont les suites de son caractère. As-tu remarqué que sa mère, lorsque j'ai touché cette corde[2], a été tout d'un coup du même avis que moi ?

TIBIA. – Relativement à quoi ?

CLAUDIO. – Relativement à ce qu'on chante sous ses croisées.

TIBIA. – Chanter n'est pas un mal, je fredonne moi-même à tout moment.

CLAUDIO. – Mais bien chanter est difficile.

TIBIA. – Difficile pour vous et pour moi, qui, n'ayant pas reçu de voix de la nature, ne l'avons jamais cultivée. Mais voyez comme ces acteurs de théâtre s'en tirent habilement.

CLAUDIO. – Ces gens-là passent leur vie sur les planches.

TIBIA. – Combien croyez-vous qu'on puisse donner par an ?

CLAUDIO. – À qui ? à un juge de paix ?

TIBIA. – Non, à un chanteur.

CLAUDIO. – Je n'en sais rien. – On donne à un juge de paix le tiers de ce que vaut ma charge. Les conseillers de justice ont moitié.

TIBIA. – Si j'étais juge en cour royale, et que ma femme eût des amants, je les condamnerais moi-même.

CLAUDIO. – À combien d'années de galère ?

TIBIA. – À la peine de mort. Un arrêt de mort est une chose superbe à lire à haute voix.

CLAUDIO. – Ce n'est pas le juge qui le lit, c'est le greffier.

---

1. *Croisées* : fenêtres. \ **2.** Lorsque j'ai évoqué cette question.

TIBIA. – Le greffier de votre tribunal a une jolie femme.

CLAUDIO. – Non, c'est le président qui a une jolie femme ; j'ai soupé hier avec eux.

TIBIA. – Le greffier aussi ! Le spadassin[1] qui va venir ce soir est l'amant de la femme du greffier.

CLAUDIO. – Quel spadassin ?

TIBIA. – Celui que vous avez demandé.

CLAUDIO. – Il est inutile qu'il vienne après ce que je t'ai dit tout à l'heure.

TIBIA. – À quel sujet ?

CLAUDIO. – Au sujet de ma femme.

TIBIA. – La voici qui vient elle-même.

Entre Marianne.

MARIANNE. – Savez-vous ce qui m'arrive pendant que vous courez les champs ? J'ai reçu la visite de votre cousin.

CLAUDIO. – Qui cela peut-il être ? Nommez-le par son nom.

MARIANNE. – Octave, qui m'a fait une déclaration d'amour de la part de son ami Cœlio. Qui est ce Cœlio ? Connaissez-vous cet homme ? Trouvez bon que ni lui ni Octave ne mettent les pieds dans cette maison.

CLAUDIO. – Je le connais ; c'est le fils d'Hermia, notre voisine. Qu'avez-vous répondu à cela ?

MARIANNE. – Il ne s'agit pas de ce que j'ai répondu. Comprenez-vous ce que je dis ? Donnez ordre à vos gens qu'ils ne laissent entrer ni cet homme ni son ami. Je m'attends à quelque importunité de leur part, et je suis bien aise de l'éviter.

Elle sort.

1. *Spadassin* : homme d'épée, dont on peut acheter les services pour de basses œuvres.

Claudio. – Que penses-tu de cette aventure[1], Tibia ? Il y a quelque ruse là-dessous.

Tibia. – Vous croyez, Monsieur ?

Claudio. – Pourquoi n'a-t-elle pas voulu dire ce qu'elle a répondu ? La déclaration est impertinente, il est vrai ; mais la réponse mérite d'être connue. J'ai le soupçon que ce Cœlio est l'ordonnateur de toutes ces guitares.

Tibia. – Défendre votre porte à ces deux hommes est un moyen excellent de les éloigner.

Claudio. – Rapporte-t'en à moi. – Il faut que je fasse part de cette découverte à ma belle-mère. J'imagine que ma femme me trompe, et que toute cette fable est une pure invention pour me faire prendre le change[2], et troubler entièrement mes idées.

Ils sortent.

1. « Aventure » a ici le sens d'événement imprévu. \ 2. Pour me tromper.

Acte II

Scène première

Une rue.
Entrent OCTAVE *et* CIUTA.

OCTAVE. – Il y renonce, dites-vous ?

CIUTA. – Hélas ! pauvre jeune homme ! il aime plus que jamais, et sa mélancolie se trompe elle-même sur les désirs qui la nourrissent. Je croirais presque qu'il se défie de vous, de moi, de tout ce qui l'entoure.

OCTAVE. – Non, par le ciel ! je n'y renoncerai pas ; je me sens moi-même une autre Marianne, et il y a du plaisir à être entêté. Ou Cœlio réussira ou j'y perdrai ma langue.

CIUTA. – Agirez-vous contre sa volonté ?

OCTAVE. – Oui, pour agir d'après la mienne, qui est sa sœur aînée, et pour envoyer aux enfers messer [1] Claudio le juge, que je déteste, méprise et abhorre depuis les pieds jusqu'à la tête.

CIUTA. – Je lui porterai donc votre réponse, et, quant à moi, je cesse de m'en mêler.

OCTAVE. – Je suis comme un homme qui tient la banque d'un pharaon [2] pour le compte d'un autre, et qui a la veine contre

1. *Messer* : messire, monsieur. \ **2.** *Pharaon* : jeu de cartes et de hasard, dans lequel on misait de l'argent.

lui ; il noierait plutôt son meilleur ami que de céder, et la colère de perdre avec l'argent d'autrui l'enflamme cent fois plus que ne le ferait sa propre ruine.

Entre Cœlio.

OCTAVE. – Comment, Cœlio, tu abandonnes la partie ?

CŒLIO. – Que veux-tu que je fasse ?

OCTAVE. – Te défies-tu de moi ? Qu'as-tu ? Te voilà pâle comme la neige. – Que se passe-t-il en toi ?

CŒLIO. – Pardonne-moi, pardonne-moi ! Fais ce que tu voudras ; va trouver Marianne. – Dis-lui que me tromper, c'est me donner la mort, et que ma vie est dans ses yeux.

Il sort.

OCTAVE. – Par le ciel, voilà qui est étrange !

CIUTA. – Silence ! vêpres[1] sonnent ; la grille du jardin vient de s'ouvrir ; Marianne sort. – Elle approche lentement.

Ciuta se retire.

Entre Marianne.

OCTAVE. – Belle Marianne, vous dormirez tranquillement. – Le cœur de Cœlio est à une autre, et ce n'est plus sous vos fenêtres qu'il donnera ses sérénades.

MARIANNE. – Quel dommage ! et quel grand malheur de n'avoir pu partager un amour comme celui-là ! Voyez ! comme le hasard me contrarie ! Moi qui allais l'aimer.

OCTAVE. – En vérité ?

MARIANNE. – Oui, sur mon âme, ce soir ou demain matin, dimanche au plus tard, je lui appartenais. Qui pourrait ne pas réussir avec un ambassadeur tel que vous ? Il faut croire que sa passion pour moi était quelque chose comme du

1. *Vêpres* : office religieux que l'on célébrait le soir.

chinois ou de l'arabe, puisqu'il lui fallait un interprète, et qu'elle ne pouvait s'expliquer toute seule.

OCTAVE. – Raillez, raillez ! nous ne vous craignons plus.

MARIANNE. – Ou peut-être que cet amour n'était encore qu'un petit enfant à la mamelle, et vous, comme une sage nourrice, en le menant à la lisière [1], vous l'aurez laissé tomber la tête la première en le promenant par la ville.

OCTAVE. – La sage nourrice s'est contentée de lui faire boire d'un certain lait que la vôtre vous a versé sans doute, et généreusement ; vous en avez encore sur les lèvres une goutte qui se mêle à toutes vos paroles.

MARIANNE. – Comment s'appelle ce lait merveilleux ?

OCTAVE. – L'indifférence. Vous ne pouvez ni aimer ni haïr, et vous êtes comme les roses du Bengale, Marianne, sans épine et sans parfum.

MARIANNE. – Bien dit. Aviez-vous préparé d'avance cette comparaison ? Si vous ne brûlez pas le brouillon de vos harangues [2], donnez-le moi de grâce, que je les apprenne à ma perruche.

OCTAVE. – Qu'y trouvez-vous qui puisse vous blesser ? Une fleur sans parfum n'en est pas moins belle ; bien au contraire, ce sont les plus belles que Dieu a faites ainsi ; et le jour où, comme une Galatée [3] d'une nouvelle espèce, vous deviendrez de marbre au fond de quelque église, ce sera une charmante statue que vous ferez, et qui ne laissera pas que de trouver quelque niche respectable dans un confessionnal.

1. En le poussant dans ses limites. \ 2. *Harangue* : discours solennel. \ 3. La fable antique, et en particulier le poète latin Ovide (43 av. J.-C.-17 ou 18 ap. J.-C.), dans les *Métamorphoses*, rapportent que le sculpteur Pygmalion tomba amoureux d'une statue d'ivoire faite par lui, Galatée, que Vénus dota de vie. Octave voit en Marianne le trajet inverse : de la vie vers la mort.

MARIANNE. – Mon cher cousin, est-ce que vous ne plaignez pas le sort des femmes ? Voyez un peu ce qui m'arrive. Il est décrété par le sort que Cœlio m'aime, ou qu'il croit m'aimer, lequel Cœlio le dit à ses amis, lesquels amis décrètent à leur tour que, sous peine de mort, je serai sa maîtresse. La jeunesse napolitaine daigne m'envoyer en votre personne un digne représentant, chargé de me faire savoir que j'ai à aimer ledit seigneur Cœlio d'ici à une huitaine de jours. Pesez[1] cela, je vous en prie. Si je me rends, que dira-t-on de moi ? N'est-ce pas une femme bien abjecte que celle qui obéit à point nommé, à l'heure convenue, à une pareille proposition ? Ne va-t-on pas la déchirer à belles dents, la montrer du doigt, et faire de son nom le refrain d'une chanson à boire ? Si elle refuse, au contraire, est-il un monstre qui lui soit comparable ? Est-il une statue plus froide qu'elle, et l'homme qui lui parle, qui ose l'arrêter en place publique son livre de messe à la main, n'a-t-il pas le droit de lui dire : Vous êtes une rose du Bengale sans épine et sans parfum !

OCTAVE. – Cousine, cousine, ne vous fâchez pas.

MARIANNE. – N'est-ce pas une chose bien ridicule que l'honnêteté et la foi jurée ? que l'éducation d'une fille, la fierté d'un cœur qui s'est figuré qu'il vaut quelque chose, et qu'avant de jeter au vent la poussière de sa fleur chérie, il faut que le calice en soit baigné de larmes, épanoui par quelques rayons de soleil, entrouvert par une main délicate ? Tout cela n'est-il pas un rêve, une bulle de savon que le premier soupir d'un cavalier à la mode doit évaporer dans les airs ?

1. *Peser* : ici au sens métaphorique de réfléchir en calculant, en estimant les enjeux.

OCTAVE. – Vous vous méprenez sur mon compte et sur celui de Cœlio.

MARIANNE. – Qu'est-ce après tout qu'une femme ? L'occupation d'un moment, une coupe fragile qui renferme une goutte de rosée, qu'on porte à ses lèvres et qu'on jette par-dessus son épaule. Une femme ! c'est une partie de plaisir ! Ne pourrait-on pas dire quand on en rencontre une : voilà une belle nuit qui passe ? Et ne serait-ce pas un grand écolier en de telles matières, que celui qui baisserait les yeux devant elle, qui se dirait tout bas : « Voilà peut-être le bonheur d'une vie entière », et qui la laisserait passer ?

Elle sort.

OCTAVE, *seul*. – Tra, tra, poum ! poum ! tra deri la la. Quelle drôle de petite femme ! Hai ! holà ! *(Il frappe à une auberge.)* Apportez-moi ici, sous cette tonnelle, une bouteille de quelque chose.

LE GARÇON. – Ce qui vous plaira, Excellence. Voulez-vous du lacryma-christi [1] ?

OCTAVE. – Soit, soit. Allez-vous-en un peu chercher dans les rues d'alentour le seigneur Cœlio, qui porte un manteau noir et des culottes [2] plus noires encore. Vous lui direz qu'un de ses amis est là qui boit tout seul du lacryma-christi. Après quoi, vous irez à la grande place, et vous m'apporterez une certaine Rosalinde qui est rousse et qui est toujours à sa fenêtre. *(Le garçon sort.)* Je ne sais ce que j'ai dans la gorge ;

1. *Lacryma-christi* : nom d'un vin italien, dont le raisin est récolté au pied du Vésuve. Symboliquement, il réunit l'ardeur et la passion, au sens du martyr (les « larmes du Christ »). Musset joue de nouveau du double sens à la fin de cette scène, quand Octave dit à Marianne qu'il boit des larmes du Christ, alors qu'il jouit simplement de son ivresse : le personnage devient sacrilège. \ **2.** *Culottes* : pantalon.

je suis triste comme une procession[1]. *(Buvant.)* Je ferais aussi bien de dîner ici ; voilà le jour qui baisse. Drig ! drig ! quel ennui que ces vêpres ! Est-ce que j'ai envie de dormir ? je me sens tout pétrifié.

Entrent Claudio et Tibia.

OCTAVE. – Cousin Claudio, vous êtes un beau juge ; où allez-vous si couramment[2] ?

CLAUDIO. – Qu'entendez-vous par là, seigneur Octave ?

OCTAVE. – J'entends que vous êtes un magistrat qui a de belles formes.

CLAUDIO. – De langage, ou de complexion[3] ?

OCTAVE. – De langage, de langage. Votre perruque est pleine d'éloquence, et vos jambes sont deux charmantes parenthèses.

CLAUDIO. – Soit dit en passant, seigneur Octave, le marteau de ma porte m'a tout l'air de vous avoir brûlé les doigts.

OCTAVE. – En quelle façon, juge plein de science ?

CLAUDIO. – En y voulant frapper, cousin plein de finesse.

OCTAVE. – Ajoute hardiment plein de respect, juge, pour le marteau de ta porte ; mais tu peux le faire peindre à neuf, sans que je craigne de m'y salir les doigts.

CLAUDIO. – En quelle façon, cousin plein de facéties ?

OCTAVE. – En n'y frappant jamais, juge plein de causticité[4].

---

1. *Procession* : cortège religieux, solennel et grave ; terme souvent employé pour le cortège accompagnant un enterrement. Le caractère du bon vivant volontiers moqueur à l'endroit de la religion et des rites est attesté ici une fois de plus pour Octave, qui accuse volontiers Marianne de pruderie dévote. Cet élément, parmi d'autres, a pu choquer les lecteurs de Musset et la censure. \ **2.** Musset joue sur le sens originel de l'adverbe (« en courant »), qui n'est plus employé au XIXe siècle. \ **3.** *Complexion* : forme physique, corps. \ **4.** *Causticité* : caractère mordant, âprement moqueur.

CLAUDIO. – Cela vous est pourtant arrivé, puisque ma femme a enjoint[1] à ses gens de vous fermer la porte au nez à la première occasion.

OCTAVE. – Tes lunettes sont myopes, juge plein de grâce : tu te trompes d'adresse[2] dans ton compliment.

CLAUDIO. – Mes lunettes sont excellentes, cousin plein de riposte : n'as-tu pas fait à ma femme une déclaration amoureuse ?

OCTAVE. – À quelle occasion, subtil magistrat ?

CLAUDIO. – À l'occasion de[3] ton ami Cœlio, cousin ; malheureusement j'ai tout entendu.

OCTAVE. – Par quelle oreille, sénateur incorruptible ?

CLAUDIO. – Par celle de ma femme, qui m'a tout raconté, godelureau[4] chéri.

OCTAVE. – Tout absolument, juge idolâtré ? Rien n'est resté dans cette charmante oreille ?

CLAUDIO. – Il y est resté sa réponse, charmant pilier de cabaret, que je suis chargé de te faire.

OCTAVE. – Je ne suis pas chargé de l'entendre, cher procès-verbal.

CLAUDIO. – Ce sera donc ma porte en personne qui te la fera, aimable croupier de roulette[5], si tu t'avises de la consulter.

OCTAVE. – C'est ce dont je ne me soucie guère, chère sentence de mort ; je vivrai heureux sans cela.

1. *Enjoindre* : donner un ordre expressément. \ **2.** *Tu te trompes d'adresse* : tu ne t'adresses pas à la bonne personne. \ **3.** *À l'occasion de* : expression vieillie pour « au sujet de ». Claudio évoque ce deuxième sens pour dénoncer Cœlio, quand Octave employait « à l'occasion » au sens de « dans quelle circonstance », plus vague, à la réplique précédente. \ **4.** *Godelureau* : jeune homme élégant et prétentieux. \ **5.** Aux jeux de hasard et d'argent qu'est la roulette, le croupier est celui qui dirige la partie et qui tient la banque pour l'établissement qui l'emploie.

CLAUDIO. – Puisses-tu le faire en repos, cher cornet de passe-dix[1] ! je te souhaite mille prospérités.

OCTAVE. – Rassure-toi sur ce sujet, cher verrou de prison ! je dors tranquille comme une audience.

Sortent Claudio et Tibia.

OCTAVE, *seul*. – Il me semble que voilà Cœlio qui s'avance de ce côté. Cœlio ! Cœlio ! À qui diable en a-t-il[2] ?

Entre Cœlio.

OCTAVE. – Sais-tu, mon cher ami, le beau tour que nous joue ta princesse ? elle a tout dit à son mari !

CŒLIO. – Comment le sais-tu ?

OCTAVE. – Par la meilleure de toutes les voies possibles. Je quitte à l'instant Claudio. Marianne nous fera fermer la porte au nez, si nous nous avisons de l'importuner davantage.

CŒLIO. – Tu l'as vue tout à l'heure ; que t'avait-elle dit ?

OCTAVE. – Rien qui pût me faire pressentir cette douce nouvelle ; rien d'agréable, cependant. Viens Cœlio, renonce à cette femme. Holà ! un second verre !

CŒLIO. – Pour qui ?

OCTAVE. – Pour toi. Marianne est une bégueule[3] ; je ne sais trop ce qu'elle m'a dit ce matin, je suis resté comme une brute sans pouvoir lui répondre. Allons ! n'y pense plus ; voilà qui est convenu ; et que le ciel m'écrase si je lui adresse jamais la parole. Du courage, Cœlio, n'y pense plus.

CŒLIO. – Adieu, mon cher ami.

1. *Passe-dix* : jeu de dés. Les deux interlocuteurs jouent ici avec des répliques aussi lapidaires qu'un lancer de dés. \ 2. Mais qui – ou que – cherche-t-il donc ? \ 3. *Bégueule* : femme qui fait preuve d'une délicatesse excessive.

OCTAVE. – Où vas-tu ?

CŒLIO. – J'ai affaire en ville ce soir.

OCTAVE. – Tu as l'air d'aller te noyer. Voyons, Cœlio, à quoi penses-tu ! Il y a d'autres Mariannes sous le ciel. Soupons ensemble, et moquons-nous de cette Marianne-là.

CŒLIO. – Adieu, adieu, je ne puis m'arrêter plus longtemps. Je te verrai demain, mon ami.

Il sort.

OCTAVE. – Cœlio ! Écoute donc ! nous te trouverons une Marianne bien gentille, douce comme un agneau, et n'allant point à vêpres surtout ! Ah ! les maudites cloches ! quand auront-elles fini de me mener en terre ?

LE GARÇON, *rentrant*. – Monsieur, la demoiselle rousse n'est point à sa fenêtre ; elle ne peut se rendre à votre invitation.

OCTAVE. – La peste soit de tout l'univers ! Est-il donc décidé que je souperai seul aujourd'hui ? La nuit arrive en poste [1] ; que diable vais-je devenir ? Bon ! bon ! ceci me convient. *(Il boit.)* Je suis capable d'ensevelir ma tristesse dans ce vin, ou du moins ce vin dans ma tristesse. Ah ! ah ! les vêpres sont finies ; voici Marianne qui revient.

Entre Marianne.

MARIANNE. – Encore ici, seigneur Octave ? et déjà à table ? C'est un peu triste de s'enivrer tout seul.

OCTAVE. – Le monde entier m'a abandonné ; je tâche d'y voir double, afin de me servir à moi-même de compagnie.

MARIANNE. – Comment ! pas un de vos amis, pas une de vos maîtresses, qui vous soulage de ce fardeau terrible, la solitude ?

1. La nuit se prépare, approche.

OCTAVE. – Faut-il vous dire ma pensée ? J'avais envoyé chercher une certaine Rosalinde, qui me sert de maîtresse ; elle soupe en ville comme une personne de qualité.

MARIANNE. – C'est une fâcheuse affaire sans doute, et votre cœur en doit ressentir un vide effroyable.

OCTAVE. – Un vide que je ne saurais exprimer, et que je communique en vain à cette large coupe. Le carillon des vêpres m'a fendu le crâne pour toute l'après-dînée.

MARIANNE. – Dites-moi, cousin, est-ce du vin à quinze sous la bouteille que vous buvez ?

OCTAVE. – N'en riez pas ; ce sont les larmes du Christ en personne.

MARIANNE. – Cela m'étonne que vous ne buviez pas du vin à quinze sous ; buvez-en, je vous en supplie.

OCTAVE. – Pourquoi en boirais-je, s'il vous plaît ?

MARIANNE. – Goûtez-en ; je suis sûre qu'il n'y a aucune différence avec celui-là.

OCTAVE. – Il y en a une aussi grande qu'entre le soleil et une lanterne.

MARIANNE. – Non, vous dis-je, c'est la même chose.

OCTAVE. – Dieu m'en préserve ! Vous moquez-vous de moi ?

MARIANNE. – Vous trouvez qu'il y a une grande différence ?

OCTAVE. – Assurément.

MARIANNE. – Je croyais qu'il en était du vin comme des femmes. Une femme n'est-elle pas aussi un vase précieux, scellé comme ce flacon de cristal ? Ne renferme-t-elle pas une ivresse grossière ou divine, selon sa force et sa valeur ? Et n'y a-t-il pas parmi elles le vin du peuple et les larmes du Christ ? Quel misérable cœur est-ce donc que le vôtre, pour que vos lèvres lui fassent la leçon ? Vous ne boiriez pas le vin que boit le peuple ; vous aimez les femmes qu'il aime ; l'esprit généreux et poétique de ce flacon doré, ces sucs merveilleux que la lave du Vésuve a cuvés sous son ardent soleil, vous conduiront chancelant et sans force dans les bras d'une fille de joie ; vous rougiriez de boire un vin grossier ; votre gorge se soulèverait. Ah ! vos lèvres sont délicates, mais votre cœur s'enivre à bon marché. Bonsoir, cousin ; puisse Rosalinde rentrer ce soir chez elle.

OCTAVE. – Deux mots, de grâce, belle Marianne, et ma réponse sera courte. Combien de temps pensez-vous qu'il faille faire la cour à la bouteille que vous voyez pour obtenir ses faveurs ? Elle est, comme vous dites, toute pleine d'un esprit céleste, et le vin du peuple lui ressemble aussi peu qu'un paysan à son seigneur. Cependant, regardez comme elle se laisse faire ! – Elle n'a reçu, j'imagine, aucune éducation, elle n'a aucun principe ; voyez comme elle est bonne fille ! Un mot a suffi pour la faire sortir du couvent ; toute poudreuse encore, elle s'en est échappée pour me donner un quart d'heure d'oubli, et mourir. Sa couronne virginale, empourprée de cire odorante, est aussitôt tombée en poussière, et, je ne puis vous le cacher, elle a failli passer tout entière sur mes lèvres dans la chaleur de son premier baiser.

MARIANNE. – Êtes-vous sûr qu'elle en vaut davantage ? Et si vous êtes un de ses vrais amants, n'iriez-vous pas, si la recette en était perdue, en chercher la dernière goutte jusque dans la bouche du volcan ?

OCTAVE. – Elle n'en vaut ni plus ni moins. Elle sait qu'elle est bonne à boire et qu'elle est faite pour être bue. Dieu n'en a pas caché la source au sommet d'un pic inabordable, au fond d'une caverne profonde ; il l'a suspendue en grappes dorées au bord de nos chemins ; elle y fait le métier des courtisanes ; elle y effleure la main du passant ; elle y étale aux rayons du soleil sa gorge rebondie, et toute une cour d'abeilles et de frelons murmure autour d'elle matin et soir. Le voyageur dévoré de soif peut se coucher sous ses rameaux verts : jamais elle ne l'a laissé languir, jamais elle ne lui a refusé les douces larmes dont son cœur est plein. Ah ! Marianne, c'est un don fatal que la beauté ! – La sagesse dont elle se vante est sœur de l'avarice, et il y a plus de miséricorde dans le ciel pour ses faiblesses que pour sa cruauté. Bonsoir, cousine ; puisse Cœlio vous oublier !

Il rentre dans l'auberge et Marianne dans sa maison.

Scène 2

Une autre rue.

CŒLIO, CIUTA

CIUTA. – Seigneur Cœlio, défiez-vous d'Octave. Ne vous a-t-il pas dit que la belle Marianne lui avait fermé sa porte ?

CŒLIO. – Assurément. – Pourquoi m'en défierai-je ?

CIUTA. – Tout à l'heure, en passant dans sa rue, je l'ai vu en conversation avec elle sous une tonnelle couverte.

CŒLIO. – Qu'y a-t-il d'étonnant à cela ? Il aura épié ses démarches et saisi un moment favorable pour lui parler de moi.

CIUTA. – J'entends [1] qu'ils se parlaient amicalement et comme gens qui sont de bon accord ensemble.

1. *J'entends* : je veux dire.

CŒLIO. – En es-tu sûre, Ciuta ? Alors je suis le plus heureux des hommes ; il aura plaidé ma cause avec chaleur.

CIUTA. – Puisse le ciel vous favoriser !

Elle sort.

CŒLIO. – Ah ! que je fusse né dans le temps des tournois et des batailles ! Qu'il m'eût été permis de porter les couleurs de Marianne et de les teindre de mon sang ! Qu'on m'eût donné un rival à combattre, une armée entière à défier ! Que le sacrifice de ma vie eût pu lui être utile ! Je sais agir, mais je ne puis parler. Ma langue ne sert point mon cœur, et je mourrai sans m'être fait comprendre, comme un muet dans une prison.

Il sort.

Scène 3

Chez Claudio.

CLAUDIO, MARIANNE

CLAUDIO. – Pensez-vous que je sois un mannequin, et que je me promène sur la terre pour servir d'épouvantail aux oiseaux ?

MARIANNE. – D'où vous vient cette gracieuse idée ?

CLAUDIO. – Pensez-vous qu'un juge criminel ignore la valeur des mots, et qu'on puisse se jouer de sa crédulité comme de celle d'un danseur ambulant ?

MARIANNE. – À qui [1] en avez-vous ce soir ?

CLAUDIO. – Pensez-vous que je n'ai pas entendu vos propres paroles : Si cet homme ou son ami se présente à ma porte,

1. *À qui* : après qui.

qu'on la lui fasse fermer ? et croyez-vous que je trouve convenable de vous voir converser librement avec lui sous une tonnelle, lorsque le soleil est couché ?

MARIANNE. – Vous m'avez vue sous une tonnelle ?

CLAUDIO. – Oui, oui, de ces yeux que voilà, sous la tonnelle d'un cabaret[1] ! La tonnelle d'un cabaret n'est point un lieu de conversation pour la femme d'un magistrat, et il est inutile de faire fermer sa porte, quand on se renvoie le dé[2] en plein air avec si peu de retenue.

MARIANNE. – Depuis quand m'est-il défendu de causer avec un de vos parents ?

CLAUDIO. – Quand un de mes parents est un de vos amants, il est fort bien fait de s'en abstenir.

MARIANNE. – Octave ! un de mes amants ? Perdez-vous la tête ? Il n'a de sa vie fait la cour à personne.

CLAUDIO. – Son caractère est vicieux. – C'est un coureur de tabagies[3].

MARIANNE. – Raison de plus pour qu'il ne soit pas, comme vous dites fort agréablement, *un de mes amants*. – Il me plaît de parler à Octave sous la tonnelle d'un cabaret.

CLAUDIO. – Ne me poussez pas à quelque fâcheuse extrémité par vos extravagances, et réfléchissez à ce que vous faites.

MARIANNE. – À quelle extrémité voulez-vous que je vous pousse ? Je suis curieuse de savoir ce que vous feriez.

CLAUDIO. – Je vous défendrais de le voir, et d'échanger avec lui

---

1. Au XIXe siècle, ce mot a aussi le sens, déjà vieilli, de débit de boissons modeste, où il est possible de prendre des repas. \ 2. Musset combine ici deux expressions : « se renvoyer la balle » et « tenir le dé de la conversation », qui signifie « tenir le premier rang dans la conversation ». Claudio fait ainsi allusion à l'art de la conversation qui semblait rapprocher sa femme et Octave. \ 3. *Tabagie* : lieu public où on se réunissait pour fumer.

aucune parole, soit dans ma maison, soit dans une maison tierce, soit en plein air.

MARIANNE. – Ah ! ah ! vraiment ! Voilà qui est nouveau ! Octave est mon parent tout autant que le vôtre ; je prétends lui parler quand bon me semblera, en plein air ou ailleurs, et dans cette maison, s'il lui plaît d'y venir.

CLAUDIO. – Souvenez-vous de cette dernière phrase que vous venez de prononcer. Je vous ménage un châtiment exemplaire, si vous allez contre ma volonté.

MARIANNE. – Trouvez bon que j'aille d'après la mienne, et ménagez-moi ce qui vous plaît. Je m'en soucie comme de cela[1].

CLAUDIO. – Marianne, brisons cet entretien. Ou vous sentirez l'inconvenance de s'arrêter sous une tonnelle, ou vous me réduirez à une violence qui répugne à mon habit.

Il sort.

MARIANNE, *seule*. – Holà ! quelqu'un ! *(Un domestique entre.)* Voyez-vous là-bas dans cette rue ce jeune homme assis devant une table, sous cette tonnelle ? Allez lui dire que j'ai à lui parler, et qu'il prenne la peine d'entrer dans ce jardin. *(Le domestique sort.)* Voilà qui est nouveau ! Pour qui me prend-on ? Quel mal y a-t-il donc ? Comment suis-je donc faite aujourd'hui ? Voilà une robe affreuse. Qu'est-ce que cela signifie ? « Vous me réduirez à la violence ! » Quelle violence ? Je voudrais que ma mère fût là. Ah, bah ! elle est de son avis, dès qu'il dit un mot. J'ai une envie de battre quelqu'un !

1. Je ne m'en soucie pas du tout, cela m'est parfaitement égal. Marianne fait ici une vraie déclaration d'indépendance, aboutissement des idées développées avec esprit devant Octave ; elle prend maintenant un ton de provocation face à la brutalité aveugle de Claudio.

(Elle renverse les chaises[1]*.)* Je suis bien sotte en vérité ! voilà Octave qui vient. – Je voudrais qu'il le rencontrât. – Ah ! c'est donc là le commencement ? On me l'avait prédit. – Je le savais. – Je m'y attendais ! Patience, patience. Il me ménage un châtiment ! Et lequel, par hasard ? Je voudrais bien savoir ce qu'il veut dire ! *(Entre Octave.)* Asseyez-vous, Octave, j'ai à vous parler.

OCTAVE. – Où voulez-vous que je m'assoie ? Toutes les chaises sont les quatre fers en l'air[2]. – Que vient-il donc de se passer ici ?

MARIANNE. – Rien du tout.

OCTAVE. – En vérité, cousine, vos yeux disent le contraire.

MARIANNE. – J'ai réfléchi à ce que vous m'avez dit sur le compte de votre ami Cœlio. Dites-moi, pourquoi ne s'explique-t-il pas lui-même ?

OCTAVE. – Par une raison assez simple. – Il vous a écrit, et vous avez déchiré ses lettres. Il vous a envoyé quelqu'un, et vous lui avez fermé la bouche. Il vous a donné des concerts, vous l'avez laissé dans la rue. Ma foi, il s'est donné au diable, et on s'y donnerait à moins.

MARIANNE. – Cela veut dire qu'il a songé à vous ?

OCTAVE. – Oui.

MARIANNE. – Eh bien ! parlez-moi de lui.

OCTAVE. – Sérieusement ?

MARIANNE. – Oui, oui, sérieusement. Me voilà. J'écoute.

OCTAVE. – Vous voulez rire ?

1. Cette didascalie a été supprimée par Musset dans la version réécrite pour la mise en scène : avec d'autres éléments, elle menaçait sans doute une convenance à laquelle l'auteur et le public restaient ici attachés et, d'un point de vue pratique, elle devait poser problème à cause du décor unique décidé pour la mise en scène. \ **2.** Le sens propre de l'expression a un effet comique.

MARIANNE. – Quel pitoyable avocat êtes-vous donc ? Parlez, que je veuille rire ou non.

OCTAVE. – Que regardez-vous à droite et à gauche ? En vérité, vous êtes en colère.

MARIANNE. – Je veux prendre un amant, Octave..., sinon un amant, du moins un cavalier[1]. Qui me conseillez-vous ? Je m'en rapporte à votre choix : – Cœlio ou tout autre, peu m'importe ; – dès demain, – dès ce soir, celui qui aura la fantaisie de chanter sous mes fenêtres trouvera ma porte entrouverte. Eh bien ! vous ne parlez pas ? Je vous dis que je prends un amant. Tenez, voilà mon écharpe en gage : – qui vous voudrez, la rapportera.

OCTAVE. – Marianne ! quelle que soit la raison qui a pu vous inspirer une minute de complaisance, puisque vous m'avez appelé, puisque vous consentez à m'entendre, au nom du ciel, restez la même une minute encore, permettez-moi de vous parler !

Il se jette à genoux.

MARIANNE. – Que voulez-vous me dire ?

OCTAVE. – Si jamais homme au monde a été digne de vous comprendre, digne de vivre et de mourir pour vous, cet homme est Cœlio. Je n'ai jamais valu grand-chose, et je me rends cette justice, que la passion dont je fais l'éloge trouve un misérable interprète. Ah ! si vous saviez sur quel autel sacré vous êtes adorée comme un dieu ! Vous, si belle, si jeune, si pure encore, livrée à un vieillard qui n'a plus de sens, et qui n'a jamais eu de cœur ! Si vous saviez quel trésor de bonheur, quelle mine féconde repose en vous ! en lui ! dans cette fraîche aurore de jeunesse, dans cette rosée céleste

1. *Cavalier* : homme galant qui s'attache au service d'une femme.

de la vie, dans ce premier accord de deux âmes jumelles ! Je ne vous parle pas de sa souffrance, de cette douce et triste mélancolie qui ne s'est jamais lassée de vos rigueurs, et qui en mourrait sans se plaindre. Oui, Marianne, il en mourra. Que puis-je vous dire ? qu'inventerais-je pour donner à mes paroles la force qui leur manque ? Je ne sais pas le langage de l'amour. Regardez dans votre âme ; c'est elle qui peut vous parler de la sienne. Y a-t-il un pouvoir capable de vous toucher ? Vous qui savez supplier Dieu, existe-t-il une prière qui puisse rendre ce dont mon cœur est plein ?

MARIANNE. – Relevez-vous, Octave. En vérité, si quelqu'un entrait ici, ne croirait-on pas, à vous entendre, que c'est pour vous que vous plaidez ?

OCTAVE. – Marianne ! Marianne ! Au nom du ciel, ne souriez pas ! Ne fermez pas votre cœur au premier éclair qui l'ait peut-être traversé ! Ce caprice de bonté, ce moment précieux va s'évanouir. – Vous avez prononcé le nom de Cœlio ; vous avez pensé à lui, dites-vous. Ah ! si c'est une fantaisie, ne me la gâtez pas. – Le bonheur d'un homme en dépend.

MARIANNE. – Êtes-vous sûr qu'il ne me soit pas permis de sourire ?

OCTAVE. – Oui, vous avez raison ; je sais tout le tort que mon amitié peut faire. Je sais qui je suis, je le sens ; un pareil langage dans ma bouche a l'air d'une raillerie. Vous doutez de la sincérité de mes paroles ; jamais peut-être je n'ai senti avec plus d'amertume qu'en ce moment le peu de confiance que je puis inspirer[1].

---

1. Cette réplique peut être entièrement lue selon deux sens : l'entremetteur se désole de ne pouvoir plaider dignement la cause de son ami (ce que cherche à exprimer Octave), ou l'amant se déclare, en s'avouant indigne d'être aimé (ce que peut y entendre Marianne).

MARIANNE. – Pourquoi cela ? vous voyez que j'écoute. Cœlio me déplaît ; je ne veux pas de lui. Parlez-moi de quelque autre, de qui vous voudrez. Choisissez-moi dans vos amis un cavalier digne de moi ; envoyez-le-moi, Octave. Vous voyez que je m'en rapporte à vous.

OCTAVE. – Ô femme trois fois femme ! Cœlio vous déplaît – mais le premier venu vous plaira. L'homme qui vous aime depuis un mois, qui s'attache à vos pas, qui mourrait de bon cœur sur un mot de votre bouche, celui-là vous déplaît ! Il est jeune, beau, riche et digne en tout point de vous ; mais il vous déplaît ! et le premier venu vous plaira !

MARIANNE. – Faites ce que je vous dis, ou ne me revoyez pas.

Elle sort.

OCTAVE, *seul*. – Ton écharpe est bien jolie, Marianne, et ton petit caprice de colère est un charmant traité de paix. – Il ne me faudrait pas beaucoup d'orgueil pour le comprendre : un peu de perfidie suffirait. Ce sera pourtant Cœlio qui en profitera.

Il sort.

Scène 4

Chez Cœlio.

CŒLIO, *un domestique*

CŒLIO. – Il est en bas, dites-vous ? Qu'il monte. Pourquoi ne le faites-vous pas monter sur-le-champ ?

Entre Octave.

CŒLIO. – Eh bien ! mon ami, quelle nouvelle ?

OCTAVE – Attache ce chiffon à ton bras droit, Cœlio ; prends ta guitare et ton épée. – Tu es l'amant de Marianne [1].

CŒLIO. – Au nom du ciel, ne te ris pas de moi.

OCTAVE. – La nuit est belle ; – la lune va paraître à l'horizon. Marianne est seule, et sa porte est entrouverte. Tu es un heureux garçon, Cœlio.

CŒLIO. – Est-ce vrai ? – est-ce vrai ? Ou tu es ma vie, Octave, ou tu es sans pitié.

OCTAVE. – Tu n'es pas encore parti ? Je te dis que tout est convenu. Une chanson sous la fenêtre ; cache-toi un peu le nez dans ton manteau, afin que les espions du mari ne te reconnaissent pas. Sois sans crainte, afin qu'on te craigne ; et si elle résiste, prouve-lui qu'il est un peu tard.

CŒLIO. – Ah ! mon Dieu, le cœur [2] me manque.

OCTAVE. – Et à moi aussi, car je n'ai dîné qu'à moitié. – Pour récompense de mes peines, dis en sortant qu'on me monte à souper. *(Il s'assoit.)* As-tu du tabac turc ? Tu me retrouveras probablement ici demain matin. Allons, mon ami, en route ! tu m'embrasseras en revenant. En route ! en route ! la nuit s'avance.

Cœlio sort.

OCTAVE, *seul*. – Écris sur tes tablettes, Dieu juste, que cette nuit doit m'être comptée dans ton paradis. Est-ce bien vrai que tu as un paradis ? En vérité cette femme était belle, et sa petite colère lui allait bien. D'où venait-elle ? c'est ce que j'ignore. Qu'importe comment la bille d'ivoire tombe sur le numéro que nous avons appelé ? Souffler une maîtresse à son

1. Marianne t'autorise à l'aimer. \ **2.** Le mot « cœur » est à prendre ici au sens de « courage ».

ami, c'est une rouerie trop commune pour moi. Marianne ou toute autre, qu'est-ce que cela me fait ? La véritable affaire est de souper ; il est clair que Cœlio est à jeun. Comme tu m'aurais détesté, Marianne, si je t'avais aimée ! comme tu m'aurais fermé ta porte ! comme ton bélître [1] de mari t'aurait paru un Adonis [2], un Sylvain [3], en comparaison de moi ! Où est donc la raison de tout cela ? pourquoi la fumée de cette pipe va-t-elle à droite plutôt qu'à gauche ? Voilà la raison de tout. – Fou ! trois fois fou à lier, celui qui calcule ses chances, qui met la raison de son côté ! La justice céleste tient une balance dans ses mains. La balance est parfaitement juste, mais tous les poids sont creux. Dans l'un il y a une pistole, dans l'autre un soupir amoureux, dans celui-là une migraine, dans celui-ci il y a le temps qu'il fait, et toutes les actions humaines s'en vont de haut en bas, selon ces poids capricieux.

UN DOMESTIQUE, *entrant*. – Monsieur, voilà une lettre à votre adresse ; elle est si pressée que vos gens l'ont apportée ici ; on a recommandé de vous la remettre, en quelque lieu que vous fussiez ce soir.

OCTAVE. – Voyons un peu cela.

Il lit.

« Ne venez pas ce soir. Mon mari a entouré la maison d'assassins, et vous êtes perdu s'ils vous trouvent.

Marianne »

Malheureux que je suis ! qu'ai-je fait ? Mon manteau ! mon

1. *Bélître* : terme injurieux qui désigne un homme de rien. \ 2. *Adonis* : personnage mythologique célèbre pour sa beauté, dont Ovide chante aussi la séduction et la mort tragique dans les *Métamorphoses*. \ 3. *Sylvain* : divinité des forêts ; parfois synonyme de « faune », personnage réputé pour ses prouesses sexuelles.

chapeau ! Dieu veuille qu'il soit encore temps ! Suivez-moi, vous, et tous les domestiques qui sont debout à cette heure. Il s'agit de la vie de votre maître.

Il sort en courant.

Scène 5

Le jardin de Claudio. Il est nuit.

CLAUDIO, DEUX SPADASSINS, TIBIA

CLAUDIO. – Laissez-le entrer, et jetez-vous sur lui dès qu'il sera parvenu à ce bosquet.

TIBIA. – Et s'il entre par l'autre côté ?

CLAUDIO. – Alors, attendez-le au coin du mur.

UN SPADASSIN. – Oui, monsieur.

TIBIA. – Le voilà qui arrive. Tenez, Monsieur. Voyez comme son ombre est grande ! c'est un homme d'une belle stature.

CLAUDIO. – Retirons-nous à l'écart, et frappons quand il en sera temps.

Entre Cœlio.

CŒLIO, *frappant à la jalousie.* – Marianne, Marianne, êtes-vous là ?

MARIANNE, *paraissant à la fenêtre.* – Fuyez, Octave ; vous n'avez donc pas reçu ma lettre ?

CŒLIO. – Seigneur mon Dieu ! quel nom ai-je entendu ?

MARIANNE. – La maison est entourée d'assassins ; mon mari vous a vu entrer ce soir ; il a écouté notre conversation, et votre mort est certaine, si vous restez une minute encore.

CŒLIO. – Est-ce un rêve ? suis-je Cœlio ?

MARIANNE. – Octave, Octave, au nom du ciel, ne vous arrêtez pas ! Puisse-t-il être encore temps de vous échapper ! Demain, trouvez-vous, à midi, dans un confessionnal de l'église, j'y serai.

La jalousie se referme.

CŒLIO. – Ô mort ! puisque tu es là, viens donc à mon secours. Octave, traître Octave, puisse mon sang retomber sur toi ! Puisque tu savais quel sort m'attendait ici, et que tu m'y as envoyé à ta place, tu seras satisfait dans ton désir. Ô mort ! je t'ouvre les bras ; voici le terme de mes maux.

Il sort. On entend des cris étouffés et un bruit éloigné dans le jardin.

OCTAVE, *en dehors*. – Ouvrez, ou j'enfonce les portes !

CLAUDIO, *ouvrant, son épée sous le bras*. – Que voulez-vous ?

OCTAVE. – Où est Cœlio ?

CLAUDIO. – Je ne pense pas que son habitude soit de coucher dans cette maison.

OCTAVE. – Si tu l'as assassiné, Claudio, prends garde à toi ; je te tordrai le cou de ces mains que voilà.

CLAUDIO. – Êtes-vous fou ou somnambule ?

OCTAVE. – Ne l'es-tu pas toi-même, pour te promener à cette heure, ton épée sous le bras ?

CLAUDIO. – Cherchez dans ce jardin, si bon vous semble ; je n'y ai vu entrer personne ; et si quelqu'un l'a voulu faire, il me semble que j'avais le droit de ne pas lui ouvrir.

OCTAVE, *à ses gens*. – Venez, et cherchez partout.

CLAUDIO, *bas à Tibia*. – Tout est-il fini, comme je l'ai ordonné ?

TIBIA. – Oui, Monsieur ; soyez en repos, ils peuvent chercher tant qu'ils voudront.

Tous sortent.

Scène 6

Un cimetière.
OCTAVE *et* MARIANNE,
auprès d'un tombeau.

OCTAVE. – Moi seul au monde je l'ai connu. Cette urne[1] d'albâtre, couverte de ce long voile de deuil, est sa parfaite image. C'est ainsi qu'une douce mélancolie[2] voilait les perfections de cette âme tendre et délicate. Pour moi seul, cette vie silencieuse n'a point été un mystère. Les longues soirées que nous avons passées ensemble sont comme de fraîches oasis dans un désert aride ; elles ont versé sur mon cœur les seules gouttes de rosée qui y soient jamais tombées. Cœlio était la bonne partie de moi-même ; elle est remontée au ciel avec lui. C'était un homme d'un autre temps ; il connaissait les plaisirs, et leur préférait la solitude ; il savait combien les illusions sont trompeuses, et il préférait ses illusions à la réalité. Elle eût été heureuse, la femme qui l'eût aimé.

MARIANNE. – Ne serait-elle point heureuse, Octave, la femme qui t'aimerait ?

OCTAVE. – Je ne sais point aimer ; Cœlio seul le savait. La cendre que renferme cette tombe est tout ce que j'ai aimé sur la terre, tout ce que j'aimerai. Lui seul savait verser dans une autre âme toutes les sources de bonheur qui reposaient dans la sienne. Lui seul était capable d'un dévouement sans bornes ; lui seul eût consacré sa vie entière à la femme qu'il aimait, aussi facilement qu'il aurait bravé la mort pour elle.

---

1. *Urne* : vase funéraire, dans lequel on place les cendres d'un défunt. \ **2.** Mélancolie dont Musset a fait « le mal du siècle » dans *La Confession d'un enfant du siècle* (1836).

Je ne suis qu'un débauché sans cœur ; je n'estime point les femmes ; l'amour que j'inspire est comme celui que je ressens, l'ivresse passagère d'un songe[1]. Je ne sais pas les secrets qu'il savait. Ma gaieté est comme le masque d'un histrion[2] ; mon cœur est plus vieux qu'elle, mes sens blasés n'en veulent plus. Je ne suis qu'un lâche ; sa mort n'est point vengée.

MARIANNE. – Comment aurait-elle pu l'être, à moins de risquer votre vie ? Claudio est trop vieux pour accepter un duel, et trop puissant dans cette ville pour rien craindre de vous.

OCTAVE. – Cœlio m'aurait vengé si j'étais mort pour lui, comme il est mort pour moi. Ce tombeau m'appartient : c'est moi qu'ils ont étendu sous cette froide pierre ; c'est pour moi qu'ils avaient aiguisé leurs épées ; c'est moi qu'ils ont tué. Adieu la gaieté de ma jeunesse, l'insouciante folie, la vie libre et joyeuse au pied du Vésuve ! Adieu les bruyants repas, les causeries du soir, les sérénades sous les balcons dorés ! Adieu Naples et ses femmes, les mascarades à la lueur des torches, les longs soupers à l'ombre des forêts ! Adieu l'amour et l'amitié ! ma place est vide sur la terre.

MARIANNE. – Mais non pas dans mon cœur, Octave. Pourquoi dis-tu : Adieu l'amour ?

OCTAVE. – Je ne vous aime pas, Marianne ; c'était Cœlio qui vous aimait.

1. Cette expression est une réminiscence de la poésie baroque, sensible également dans les vers shakespeariens, par exemple dans les monologues de *Hamlet*, mais aussi dans *Le Songe d'une nuit d'été.* \ **2.** L'histrion, dans le théâtre antique, jouait les scènes de farce ; dans un sens plus moderne, il désigne une personne qui se donne en spectacle et divertit les autres, jusqu'à les déranger.

DOSSIER

Repères culturels et biographiques

Le contexte sociopolitique et culturel

UNE ÉPOQUE AUX IDÉAUX DÉPLACÉS

Héritier des philosophes du XVIIIe siècle et des idéaux de la Révolution française, le XIXe siècle se caractérise à son début par un engagement plus significatif dans les problématiques sociales. Les écrivains sont remplacés par « les hommes de lettres » et s'ouvrent souvent à une carrière politique. Tous considèrent ainsi la Monarchie de juillet (1830-1848), dernière période de royauté en France, comme la victoire des milieux d'affaires. Les idéaux révolutionnaires semblent s'être éteints, ou, du moins, déplacés dans un ailleurs rêvé ou dans la sphère politique. Les romantiques réagissent contre le matérialisme bourgeois qui accompagne ces succès du monde de l'argent, et qui semble condamner l'évolution historique et les idéaux de grandeur : en témoignent le « mal du siècle » exprimé par Alfred de Musset (1810-1857), mais aussi, sur un autre plan, l'espoir que place Victor Hugo (1802-1885) dans un lectorat à éduquer.

MUSSET ET LA RÉVOLUTION ROMANTIQUE

Musset s'inscrit dans une période où la littérature se souvient des grands idéaux sociopolitiques de la Révolution, idéaux qui ont vite engendré, après la Terreur (1793), une bourgeoisie de l'argent assez conservatrice, dont les goûts demeurent majoritaires, de la fin de la monarchie à l'Empire et à la République.

La « révolution romantique » du début du siècle, qui concerne tous les genres littéraires, de la poésie au théâtre en passant par le roman, les mémoires et les essais, a été la véritable nouveauté, dans la mesure où elle a conjugué les idéaux et l'attention portée au monde historique contemporain. Musset en a été l'admirateur fervent et a été admiré réciproquement par de grands écrivains romantiques. Il a surtout emprunté à ce courant, dans ses œuvres, les thèmes de la passion et de l'idéal, en les déclinant sur un mode spirituel qui était marqué par le théâtre et le roman du XVIIIe siècle français, et en les condamnant souvent, à la lumière d'une désillusion singulière. De l'intérêt romantique pour les problématiques contemporaines, Musset a surtout l'audace dans son traitement des mœurs (liberté de ton quant aux pratiques religieuses et au traitement du désir, en particulier le désir féminin).

L'ÉMERGENCE DU DRAME ROMANTIQUE

La Révolution avait utilisé la scène théâtrale pour diffuser ses idéaux auprès d'un grand nombre de gens, et elle la concevait aussi comme le lieu de véritables communions populaires. Sous le Premier Empire (1804-1814), les quelques grands théâtres parisiens se partagent entre, d'une part, des salles prestigieuses, qui seront longtemps contrôlées par le pouvoir en place (ainsi du Théâtre-Français, qui deviendra la Comédie-Française, et qui était spécialisé dans les auteurs classiques) et, d'autre part, les théâtres dits « de boulevards », dans des lieux plus populaires. La tragédie classique continue d'exercer son influence dans toute la première moitié du siècle, et le drame historique comme *Cromwell* de Victor Hugo (1827) va en continuer en quelque sorte la tradition. Mais les scènes vont peu à peu se multiplier, à côté de spectacles aux formes très diverses : c'est le succès de l'opéra et des ballets, mais aussi des cafés concerts et du Grand Guignol.

Les drames romantiques d'Alfred de Vigny (1797-1863), d'Alexandre Dumas (1802-1870) de Hugo et de Musset, d'abord donnés au théâtre non subventionné de la Porte Saint-Martin, se voient peu à peu accueillis dans les grandes salles. Mais les genres les plus plébiscités sont, d'une part, le mélodrame, qui attire la pitié sur d'innocentes victimes persécutées, toujours réhabilitées en fin de pièce, inspirées du roman noir ou du fait divers, et, d'autre part, le vaudeville, qui se fonde sur des intrigues, des personnages et des jeux simples et répétitifs : cela montre que la scène n'est plus entièrement le lieu de diffusion de nouvelles pensées. La bataille d'*Hernani*, pièce en laquelle Victor Hugo, voulait faire triompher le credo romantique contre le conformisme esthétique libéral, provoqua de vives tensions. La scène du XIXe siècle reste donc aussi un lieu de vie symbolique des mutations de ce siècle.

Quelques repères biographiques

UNE JEUNESSE BRILLANTE ET DES PREMIERS PAS ROMANTIQUES

Alfred de Musset naît dans une famille de petite noblesse le 11 décembre 1810 à Paris, d'un père amateur de littérature, éditeur et biographe de Jean-Jacques Rousseau (1712-1778). Élève brillant, admirateur de Napoléon, il s'illustre particulièrement en latin, en français et en philosophie, matières dans lesquelles il remporte des prix, et il fréquente dès l'âge de 18 ans le Cénacle romantique de Victor Hugo (1802-1885). Il ne prolonge pas ses études de droit, hésite à s'engager dans un cursus de médecine, et s'intéresse également aux Beaux-Arts avant de choisir la carrière littéraire, conforté en cela par l'appréciation de ses premiers textes par les poètes romantiques. Jeune homme amateur des salons et des plaisirs, il adapte en 1828 les *Confessions of an English Opium-Eater* (1822) du poète anglais Thomas de Quincey (1785-1859), qui inspira aussi Baudelaire. Ses déboires et ses amours tumultueuses l'amènent à rencontrer son grand ami, Alfred Tattet, et il se lie avec les romantiques Charles Nodier (1780-1844), Sainte-Beuve (1804-1869), Prosper Mérimée (1803-1870) et Alfred de Vigny (1797-1863).

DES PUBLICATIONS NOMBREUSES ET DES RELATIONS PASSIONNELLES

En 1829 sont publiés ses *Contes d'Espagne et d'Italie* et un petit drame, *Les Marrons du feu*, qui valent au jeune poète son premier scandale. L'année suivante, la pièce *La Nuit vénitienne*, mal comprise, connaît un rapide échec et conduit Musset à ne plus écrire que des pièces destinées à la lecture. La mort de son père, victime du choléra en 1832, affecte profondément le poète, qui choisit alors d'être indépendant de sa mère et cherche à vivre de sa plume. Il est notamment soutenu par Buloz, directeur de la *Revue des Deux-Mondes*, à laquelle Musset collaborera presque jusqu'à sa mort. C'est à un dîner organisé par celui-là que le poète rencontre George Sand (1804-1876)[1], avec qui il entretient d'abord une amitié littéraire, puis une grande passion. Son renoncement à l'écriture pour la scène est explicité en 1832 par le titre qu'il donne à un recueil de textes en vers : *Un spectacle dans un fauteuil*. Toujours en 1833, il fait néanmoins paraître son premier drame en prose (le second sera *Lorenzaccio*), *Andrea del Sarto*, inspiré par la vie amoureuse du grand peintre italien (1486-1530), et il publie une première version des *Caprices de Marianne* dans la *Revue des Deux-Mondes*. Le jeune auteur commence à souffrir d'hallucinations. Lors d'un séjour en Italie avec George Sand, lors duquel ils ont rencontré le romancier Stendhal (1783-1842), la santé de Musset se dégrade encore, et il est accablé par la trahison de sa maîtresse, qui le trompe avec son médecin italien : leur rupture sera consommée en 1835.

UNE PRODUCTION RALENTIE ET UNE RECONNAISSANCE TARDIVE

En 1836, Musset fait paraître son roman autobiographique *La Confession d'un enfant du siècle*, commencé en 1834, et il continuera à composer de la poésie, des nouvelles, des « proverbes », de petits essais sur les Beaux-Arts et le théâtre, parfois satiriques, parfois en forme d'éloge à des actrices, mais le rythme de ses nouvelles publications ralentit. En 1838, Musset devient bibliothécaire du ministère de l'Intérieur. Sa tragédie historique, *La Servante du roi*, est mal reçue par la grande actrice Rachel, à qui elle était dédiée en 1839 ; ses *Comédies et Proverbes*, ainsi qu'un volume de *Poésies complètes* sont publiés en 1840, année où Musset est gravement

1. Romancière, George Sand fut une écrivaine prolixe, qui mêla l'écriture du sentiment, des scènes de vie champêtre et le souci moral et fut admirée par beaucoup de très grands écrivains de son temps. Faisant plusieurs fois scandale, elle défendit la condition féminine et s'engagea dans le socialisme. Parmi ses œuvres les plus célèbres, on compte *La Mare au diable* (1846) et *La Petite Fadette* (1849). Georges Sand eut de nombreuses amours, dont Musset et Chopin.

malade, frappé par la dépression. Une pleurésie le touche en 1844, alors que son mérite littéraire est de plus en plus reconnu.

En 1845, Musset est nommé chevalier de la Légion d'honneur ; en 1847, la Comédie-Française monte *Un Caprice*, qui connaît un grand succès et réconcilie Musset avec la scène ; ses pièces, qu'il réadapte parfois, se succéderont désormais sur les planches parisiennes. La IIe République le prive de son travail au ministère de l'Intérieur en 1848. En 1852, après deux échecs (1848 et 1850), il est élu à l'Académie française et une nouvelle publication de sa poésie voit le jour : *Premières Poésies* (1829-1835) et *Poésies nouvelles* (1836-1852), cependant qu'il connaît une courte liaison avec Louise Colet, célèbre femme de lettres (1810-1876). En 1853, il obtient de nouveau un poste de bibliothécaire, cette fois au ministère de l'Instruction publique. Toujours plus affaibli par la maladie et ne proposant plus d'œuvre nouvelle, Musset meurt à Paris le 2 mai 1857 ; son enterrement au Père-Lachaise rassemble peu de monde. *Lorenzaccio* ne sera représenté pour la première fois qu'en 1896.

La place des *Caprices de Marianne* dans l'œuvre de Musset

Dans son recueil intitulé *Contes d'Espagne et d'Italie*, publié en 1829, Musset propose entre autres deux pièces qui contiennent déjà des éléments que l'on retrouvera dans *Les Caprices de Marianne*. Dans sa première composition dramatique, une comédie en vers : *Les Marrons du feu*, le libertin Rafaël cède sa place auprès de sa maîtresse la Camargo à son ami l'abbé Annibal Desiderio, amoureux cynique et donneur de sérénades. Mais la femme se défend contre le viol et fera en sorte que l'abbé tue Rafaël. Outre une intrigue proche de celle des *Caprices de Marianne*, la fin exceptée, on reconnaît l'anticléricalisme de Musset, qu'il modérera ensuite, ainsi que la violence générale de ses personnages. Dans la pièce intitulée *Portia*, qui figure dans le même recueil, l'auteur avait par ailleurs déjà abordé le thème de la jalousie ; le nom de l'héroïne est encore une fois emprunté à l'œuvre de Shakespeare (on trouve une Portia dans *Le Marchand de Venise* et dans *Jules César*).

Les Caprices de Marianne mettent en scène deux personnages masculins principaux, Octave et Cœlio, dont on a pu dire qu'ils représentaient deux facettes de l'auteur dans ses relations aux femmes : à la fois le jeune poète amoureux sincère, et le libertin, auteur de comédies spirituelles et enjouées. Dans sa correspondance avec George Sand, le poète a repris cette comparaison, regrettant de n'avoir montré à sa maîtresse que l'un de ses aspects, celui qui a inspiré Octave, en lui cachant le véritable amoureux, capable de sacrifice[1]. À la scène 6 de l'acte II, Octave déclare d'ailleurs que Cœlio était « la bonne partie de lui-même ». Ce déchirement intérieur se retrouve dans plusieurs textes de Musset, en particulier dans le célèbre drame de *Lorenzaccio* dont le héros feint la décadence pour viser le bien, partagé entre la trivialité du monde et la soif d'idéal, entre le jeu de masques et la sincérité, la légèreté et la réflexion critique sur soi.

Alors qu'au XIXe siècle *Les Caprices des Marianne* remportaient bien moins de succès qu'*Un caprice* ou que *Il faut qu'une porte soit ouverte ou fermée*, aujourd'hui presque oubliés, elle est devenue la pièce de Musset la plus jouée, avec *Lorenzaccio* et *On ne badine pas avec l'amour*.

Les différentes versions des *Caprices*

Si la première version des *Caprices de Marianne* paraît en 1833, dans la *Revue des Deux Mondes*, ce n'est qu'en 1851 que la pièce est montée à la future Comédie-Française, après une refonte opérée par Musset. La censure condamnait en effet la façon dont Octave et Marianne parlaient de l'amour et les inconvenances relatives à l'Église. Marianne devient une jeune femme fantaisiste, qui ne vit plus de bouleversement aussi audacieux que dans la première version. L'entremetteuse Ciuta est remplacée par un valet. Le décor est réduit à la seule place devant la maison de Claudio et c'est par hasard qu'Octave assiste au piège tendu à Cœlio. Celui-ci apparaît moins souvent, mais Musset place dans sa bouche un extrait du poète italien Giacomo Leopardi (1798-1837), qui lie l'amour et la mort, au début de l'acte II.

1. Voir l'édition critique de Simon Jeune pour le *Théâtre complet* de Musset, Édition Gallimard, coll. « Bibliothèque de la Pléiade ».

En outre, Cœlio, plus pieux, ne se livre pas à l'arme de ses assassins avec le même désespoir. La version « pour la scène » de 1851 est reconnue comme plus facile à mettre en scène, mais aussi comme étant de moins bonne qualité littéraire.

Ce n'est qu'à partir des années 1920 que les metteurs en scène reviendront à la version de 1833 : Firmin Gémier la monte en 1922, au Théâtre de l'Odéon. Gaston Baty remporte un grand succès au Théâtre Montparnasse en 1935, en transposant l'action à l'époque de Musset, en optant pour des décors très stylisés à différentes reprises, et en introduisant des intermèdes dansés pour étendre la durée cette pièce réputée un peu courte ; il mit plusieurs fois en scène *Les Caprices de Marianne*. En 1958, Jean Vilar, au Théâtre National Populaire, mélange les deux versions de la pièce et donne le rôle d'Octave à Gérard Philippe, accentuant la mélancolie dramatique contre les aspects comiques. En 1963, Guy Rétoré, propose une interprétation aux accents féministes au Théâtre de l'Est Parisien et *Les Caprices de Marianne* s'avéreront susceptibles de mises en scène très diverses, allant de la mélancolie romantique au questionnement social, voire politique, ou à la mise en valeur d'éléments érotiques à l'époque contemporaine, qui se fonde en très large partie sur le texte originel. La pièce a même inspiré un opéra à Henri Sauguet en 1954.

Pistes de lecture et exercices

Piste 1 : Une composition sous forme de caprice

Les Caprices de Marianne obéissent à une construction d'apparence déséquilibrée : Musset se soucie peu des règles dramaturgiques, fidèle au sens artistique du mot « caprice » qui renvoie à la liberté du créateur. En effet, un « caprice » est une œuvre qui s'écarte des règles attendues de composition pour obéir à ses propres lois. On dit souvent qu'il s'agit d'une fantaisie dont la structure est précisément de ne pas en avoir. Si l'action représentée peut donc ici dérouter le spectateur, par son rythme en particulier, c'est en faveur des mots, où se joue tout l'enjeu de la pièce : les séquences de dialogue qui s'enchaînent, avec des variations et Octave en leur centre, guident au fil de la parole la structure capricieuse de la pièce. Destinée à la lecture, la pièce de Musset choisit les mots contre les actes et invente sa propre licence.

UNE LIBERTÉ ROMANTIQUE DE COMPOSITION

Choisir de composer de manière « capricieuse », consiste avant tout pour Musset à produire une pièce en deux actes seulement, comportant chacun un nombre de scènes très variable et de durée inégale, qui ne coïncident guère avec l'entrée en scène d'un personnage important ou avec un rebondissement. Une telle liberté montre à quel point Musset se range du côté des auteurs romantiques qui n'obéissent à aucune règle dramaturgique classique, malmenant notamment les unités de temps et de lieu.

Le premier acte de la pièce est intégralement consacré, de manière surprenante, à l'exposition tandis que le second donne à voir le caprice de Marianne en lui-même et ses conséquences. Au caprice de Marianne répond le caprice dramaturgique de Musset.

Un premier acte en forme d'exposition

L'acte I s'apparente à une longue exposition : il met en place une intrigue amoureuse assez traditionnelle, tout en annonçant déjà son dénouement, de manière indirecte. En effet, la première scène, la plus longue de la pièce (12 pages), montre Cœlio qui, après avoir tenté en vain l'entremise de Ciuta, demande à Octave d'intervenir en sa faveur auprès de Marianne, épouse de Claudio, dont ce dernier est le cousin. Mais Marianne refuse la proposition que lui fait Octave.

La scène 2, assez courte (4 pages), trouve peu de justification dramatique car elle ne fait pas progresser l'histoire et n'approfondit qu'assez peu le caractère de Cœlio face à sa mère, que l'on ne reverra plus par la suite. Hermia, pleine d'indulgence pour son fils qui découche depuis plusieurs nuits, lui conte sur sa demande sa propre histoire d'amour, qui a abouti à la mort d'un de ses prétendants. Cette scène exerce plutôt une fonction poétique : elle prépare le spectateur au dénouement de la pièce, en incluant un récit secondaire, qui ressemble à celui des *Caprices*. On peut qualifier ce procédé de mise en abyme de la pièce.

La mise en abyme

Ce procédé consiste dans l'enchâssement d'une histoire dans une autre, lorsque ces histoires se ressemblent. Ce procédé, sur la scène théâtrale, est souvent un cas de théâtre dans le théâtre. Le cas le plus connu se trouve dans *Hamlet*, tragédie de Shakespeare (1564-1616) dans laquelle le héros fait monter sur scène une troupe de comédiens pour jouer une histoire très ressemblante à la sienne, ceci afin de faire réagir son oncle criminel devant l'exposé de ses méfaits. Dans la pièce de Musset, on a plus exactement un récit dans la pièce de théâtre, qui a surtout une fonction poétique (un ton est donné) et programmatique (la fin meurtrière de la pièce est annoncée discrètement).

La scène 3, dernière de l'acte I, un peu plus courte que la deuxième (3 pages), est encore soumise au « caprice » dans sa composition. Sans réelle implication dans l'action, elle est construite comme une digression et propose un dialogue comique entre Claudio et son valet Tibia, qui le persuadait de la vertu de Marianne à la scène 1 : Claudio y souscrit ici et laisse transparaître la sévérité de son caractère. Marianne vient alors se plaindre des propositions d'Octave et de Cœlio ; elle le fait non sans fierté, ce qui persuade son mari qu'elle cache quelque chose. L'espace d'une scène, l'attitude de Claudio, le principal opposant au désir du jeune premier, se retourne. En un acte, Musset a introduit ses caractères, lancé une histoire simple à la fin programmée et il laisse envisager des complications. Des revirements de situations surgissent qui soumettent de nouveau la structure au « caprice ».

Un second acte ou les manifestations du « caprice »

L'acte II va faire progresser le complot amoureux, et proposer un renversement de situation causé par le caractère du personnage éponyme[1] puis un dénouement sanglant, sur fond de quiproquo[2]. Le « caprice » intervient ici dans la logique du coup de théâtre.

Au cours de la longue première scène (11 pages et demi), Octave stimule Cœlio, prêt à abandonner la partie. S'ensuit un dialogue avec Marianne, plus long que celui de la scène 1 de l'acte I : elle y défend la cause des femmes, que les hommes ne savent ni respecter ni aimer. Resté seul, Octave s'attable sous la tonnelle de l'auberge pour boire et Claudio, dans une brève joute oratoire, le prévient qu'il est sur ses gardes et ne craint rien.

À la scène 2 (1 page), Ciuta prévient Cœlio qu'Octave et Marianne paraissent très bien s'entendre. Les manœuvres de ce dernier, qui pourraient rendre l'amant jaloux, semblent lui donner de l'espoir. Mais la dernière réplique de la scène, le monologue[3] de Cœlio, doit aussi être lue comme un soupir ironique et désabusé, qui signifie sa perte de confiance en Octave, devenu un rival imbattable.

---

1. *Éponyme* : qui donne son titre à l'œuvre.

2. *Quiproquo* : malentendu, souvent ressort de l'action théâtrale, en particulier comique, qui consiste à prendre quelque chose ou quelqu'un pour autre chose ou pour un autre.

3. *Monologue* : discours qu'un personnage se tient à lui-même ; il est souvent délibératif, mettant alors en scène les choix auxquels est confronté le personnage.

La scène 3 (7 pages) est celle du grand renversement de l'attitude de Marianne, de son « caprice ». Claudio fait des reproches à sa femme, qu'il soupçonne de se laisser courtiser par Octave ; celle-ci prend très mal le manque de confiance de son mari et l'interdiction qui lui est faite de revoir Octave. Leur dialogue se clôt sur une menace de Claudio une fois de plus lourde de sens pour la fin dramatique de la pièce : « [...] vous me réduirez à une violence qui répugne à mon habit » (l. 809-810). Après un monologue où Marianne exprime sa colère, vient un second dialogue, entre Marianne et Octave, au cours duquel la jeune femme fait cette déclaration incroyable : elle veut un amant, n'importe lequel, tout en exprimant sa confiance en lui. La scène, capitale, se clôt sur un second monologue bref, celui d'Octave qui délibère, sensible au nouveau charme de Marianne, mais décidé à laisser Cœlio profiter de cette évolution.

À partir de la scène 4 (3 pages), les conséquences du « caprice » se déploient et mènent au dénouement, compliqué par un rebondissement et un quiproquo. Octave envoie Cœlio retrouver Marianne, et médite à nouveau sur l'inconstance de l'amour, lorsqu'un billet l'alerte d'un événement imprévu et grave : Marianne annonce que son mari est prêt à assassiner celui qui lui rendra visite ce soir.

La scène 5 (2 pages), au rythme rapide, donne d'abord la parole à Claudio et à Tibia dans un aparté[1] : ils attendent l'amant de Marianne pour le tuer. Cœlio découvre le quiproquo de Marianne, qui espérait Octave plutôt que lui, et, désespéré, se laisse assassiner, théâtralement. Octave arrive, furieux et menaçant, trop tard. La dernière scène (2 pages) a valeur d'épilogue[2] ; Octave y prononce l'éloge funèbre de Cœlio, tandis que Marianne continue à lui faire des avances devant les cendres de son amant. Octave la rejette de manière à lui donner des remords.

La taille inégale des scènes et des actes, les variations du rythme dans l'espace et dans le temps sont le signe d'une liberté de composition toute

---

1. Un *aparté* désigne soit un discours qu'un personnage prononce pour soi-même, et que seul le public peut entendre – il peut alors recouper le monologue –, soit une conversation entre plusieurs personnages placés « à part » des autres, et que ceux-ci ne peuvent entendre.

2. *Épilogue* : partie qui suit le dénouement d'une intrigue, exposant en général ce que sont devenus ou ce que vont devenir les protagonistes encore présents. Dans le théâtre antique, il correspondait aux derniers vers, adressés au public pour entraîner son appréciation.

romantique. Musset, qui est aussi poète et qui prétendit durant plusieurs années ne composer des pièces de théâtre que pour la lecture, attache plus d'importance aux mots qu'aux actes sur la scène. Aussi, la pièce suit-elle les caprices de la parole dramatique.

LES CAPRICES DE LA PAROLE

Les dialogues comme fil directeur

La pièce, dont on peut comprendre qu'elle ait gêné, dans sa première version, non seulement les censeurs, mais les metteurs en scène, se fonde sur l'évolution d'une configuration de personnages au centre de laquelle se trouve Marianne. Le mari, de manière assez classique, est un opposant placé à l'écart. Plus original, l'amant n'a pas le premier rôle, il est dépassé par son ami qui lui sert d'entremetteur. Et ce sont précisément les rencontres dialoguées entre Marianne et Octave qui vont rythmer et révéler l'évolution de la situation. La parole donne à la pièce son fil directeur.

Aux scènes 1 de l'acte I et de l'acte II, Octave prend l'initiative devant Marianne, et tente de la sensibiliser aux désirs de Cœlio qu'il représente : c'est en vain, car celle-ci a commencé à protester contre l'injuste sort fait aux femmes, et il renonce. La scène 3 de l'acte II met en scène un autre dialogue entre Octave et Marianne, cette fois provoqué par la jeune femme, qui devient active par réaction et retournement dramatique contre son époux brutal. Les scènes 4 et 5 comportent des dialogues chargés de faire patienter jusqu'au terrible dialogue final. La dernière scène rassemble les deux personnages principaux, débarrassés du mari comme de l'amant, dans une configuration très éloignée de celle des débuts de l'intrigue : la jeune première fait des avances à l'ami entremetteur, qui la rejette. Le schéma actantiel originel a été profondément bouleversé plutôt que résolu : le sujet

Le schéma actantiel

Emprunté à l'analyse des contes, il s'agit d'un mode de lecture des rôles des personnages souvent appliqué au théâtre et qui permet de saisir les données, les nuances et différentes lectures possibles d'une pièce. Le schéma actantiel définit un sujet (de l'histoire, supposée se ramener à un désir), l'objet qu'il cherche à conquérir, un destinateur (ce qui le pousse à agir) et un destinataire (ce pour quoi il veut atteindre son objet), un opposant et un adjuvant.

du désir principal, Cœlio, qui cherchait à obtenir l'amour de Marianne, par l'intermédiaire d'Octave, a disparu ; l'opposant Claudio a lui aussi été évacué ; Marianne, d'objet de désir, est devenue le sujet d'un désir qui la porte vers l'ancien adjuvant, Octave.

Les mots échangés entre les deux personnages principaux ont eu ce pouvoir de redéfinir les enjeux de l'intrigue et de décider de la composition de la pièce au fur et à mesure.

Le bilan dramaturgique des échanges

La structure de la pièce repose ainsi principalement sur les échanges entre Marianne et Octave et sur la variation des rôles qu'ils tiennent dans ces échanges. Les mots d'amour, conventionnels, ont un impact qui touche l'intimité des caractères, les révèlent à eux-mêmes et changent leurs enjeux. Ainsi, si Musset esquisse d'abord une intrigue amoureuse traditionnelle, il réoriente vite l'intérêt de la pièce sur les caractères des personnages : leur relation à l'amour, à autrui et leur connaissance d'eux-mêmes. En cela, l'auteur est le digne héritier du XVIIe siècle et du XVIIIe siècle, et en particulier de Marivaux (1683-1768). Le caprice et la liberté de l'intrigue dramatique, au sens de progression événementielle, se remarquent à plusieurs titres, outre par le déséquilibre de la composition, son rythme très irrégulier et la particularité des différents caractères révélés par les échanges théâtraux :

– l'absence de véritable lien entre la jeune première, Marianne et le jeune premier, Cœlio, qu'elle ne rencontre que lors de ses derniers moments – et après l'avoir confondu avec un autre ;

– le caractère artificiel de l'évolution de Cœlio lui-même : placé toujours en marge de l'action, il appartient presque à un autre monde et meurt comme un comédien de théâtre ;

– l'évolution irrégulière de Claudio, qui va de soupçon déplacé en indulgence naïve, puis en sévérité inconsidérée, jusqu'au meurtre ; le personnage paraît être mieux travaillé quand il s'agit de briller dans une joute oratoire avec son cousin que quand il est question d'agir pour préserver son honneur de mari ;

– l'échec de l'entremise amoureuse en deux temps : Cœlio est prêt à renoncer au début de l'acte II ; quand Octave décide bizarrement de persévérer pour lui, il se trouve en fait dépassé par Marianne qui s'est métamorphosée et non seulement veut un amant, mais plutôt Octave lui-même ;

– l'aspect précipité du dénouement, qui semble peu retenir l'attention de l'auteur, qui juge d'ailleurs utile de lui adjoindre un épilogue, beaucoup plus puissant. À l'acte II, scène 6, Musset semble en effet présenter des personnages qui ne jouent plus leur rôle dans l'histoire libertine : il abandonne les jeux rhétoriques pour des mots graves qui paraissent sincères, surtout de la part d'Octave, qui définit avec une simplicité terrible les caractères des personnages et leurs vrais rapports.

On pourrait ainsi dire que, dans *Les Caprices de Marianne*, les mots ne servent pas tant une action dramatique, mais que l'action dramatique est le prétexte à l'échange de mots qui permettent aux personnages de se connaître dans la confrontation à autrui.

VERS LE COMMENTAIRE

À la fin de l'acte II, scène 3, Octave délibère dans un rapide monologue et envisage l'offre que lui a faite Marianne : il pourrait prendre la place de Cœlio dans les bras de celle-ci.

QUESTIONS

1. Comment est construit le monologue ? Étudiez l'art des questions et des réponses.
2. Quel est le registre dominant ?
3. Sur quelles figures de style Octave s'appuie-t-il pour montrer qu'il maîtrise l'art de la parole ? Quel(s) effet(s) produi(sen)t-elles ?

Piste 2 : Les personnages : rebelles poétiques ou enfants du siècle ?

Dans cette courte pièce, les personnages principaux sont au nombre de trois. Il s'agit de Marianne, d'Octave et de Cœlio, ce dernier étant très peu présent sur scène et entretenant des rapports de complémentarité étroits avec Octave. Tous s'interrogent sur leur propre rôle, dans la société, dans la vie, et peut-être en tant que personnages de théâtre. Les personnages secondaires, Claudio, Ciuta, Hermia et Malvolio, constituent les articulations qui permettent l'évolution des rapports entre Marianne, Octave et Cœlio, ainsi que la connaissance d'eux-mêmes. Ils n'existent guère à titre individuel.

De fait, chacun de ces personnages principaux incarne une figure symbolique du romantisme. Ainsi Marianne semble mue par la rébellion poétique tandis qu'Octave et Cœlio apparaissent comme des enfants du siècle et des *alter ego* d'Alfred de Musset.

MARIANNE : LA RÉBELLION POÉTIQUE

Le personnage éponyme, qui hérite des héroïnes de Molière et de Beaumarchais, peut encore faire songer aux personnages féminins des romans du XVIIIe siècle, susceptibles, par pragmatisme, de grandes initiatives, de métamorphoses et d'actions décisives[1]. Elle annonce une autre héroïne de Musset : Camille d'*On ne badine pas avec l'amour*.

Poétique et romantique, sa rébellion se manifeste avant tout par une maîtrise progressive des mots : elle apprend vite face à l'éloquence d'Octave, et ses mots lui permettront d'exprimer ses désirs et de se transformer, sinon de s'émanciper complètement.

Un personnage défiant l'autorité

Marianne est le premier personnage qui apparaît sur scène pour rejeter avec autorité la proposition de l'entremetteuse Ciuta. Son caractère insaisissable est ensuite souligné par le portrait brossé d'elle, *in absentia*, par les différents

1. Voir les personnages de Marivaux (1688-1763), de Defoe (1660-1731), mais aussi de l'Abbé Prévost (1697-1763).

protagonistes (Cœlio, Claudio, Tibia). Ils parlent tous d'elle, à l'exception d'Octave, son cousin par alliance, qui va cependant devoir s'intéresser à elle et qui affirme qu'elle ne l'aime pas. Dans la conversation qu'il a avec elle, Marianne demeure distante, rejette les séductions rhétoriques, et charme finalement même Octave qui reconnaît qu'« elle a de beaux yeux »

Le deuxième dialogue avec Octave, à l'acte II, les rapproche : Marianne parle bien davantage, prend goût aux échanges spirituels et, contrairement à son interlocuteur, elle y met aussi un contenu sérieux lorsqu'elle se met à défendre le statut de la femme. Sa dernière réplique est exemplaire, elle désoriente d'ailleurs Octave, réduit aux onomatopées puis à la boisson ! Leur deuxième dialogue, dans la même scène, accorde le dernier mot à celui-ci, mais il laisse alors apparaître son désenchantement.

Toutefois, Marianne reste le personnage de la parole, ce qui lui donne cette indépendance peu commune.

Un personnage indépendant

La scène 3 de l'acte II est *la* scène de Marianne : confrontée à l'obstination stupide de Claudio, son époux tyrannique, elle prend son indépendance. Ses désirs et ses mots, l'image sexuelle de la fleur qu'elle évoque sont d'une audace toute libertine que, dans la bouche d'une femme, la censure ne pouvait tolérer. « Je veux prendre un amant », dit-elle à Octave, à nouveau, spectateur privilégié de sa métamorphose. L'agenouillement de celui-ci prend une valeur symbolique : ce n'est plus seulement la cause de Cœlio qu'il paraît plaider, mais son propre respect qu'il lui offre (« au nom du ciel, restez la même une minute encore, permettez-moi de vous parler ! »), ce qui favorisera l'amour que Marianne lui porte.

Marianne représente la femme luttant pour sa liberté, contre les conventions sociales brutales qu'incarne Claudio ; elle se heurte à une autre aliénation : celle de l'amant et de ses stratégies, celle des hommes qui ne la considèrent guère, et, comme tous, elle reste soumise au hasard amoureux. Du point de vue de l'écriture, elle est une véritable audace de la part d'un auteur lui-même fasciné par le sexe féminin. Romantique et libertine, Marianne s'impose comme ce personnage hors du commun.

OCTAVE ET CŒLIO : DES ENFANTS DU SIÈCLE ?

À ce personnage féminin volontiers émancipé, viennent faire écho Octave et Cœlio qui, eux, représentent chacun un aspect de Musset[1] : d'une part, l'homme qui aime la vie et ses plaisirs – dont les femmes et l'alcool – mais dont le fond est désenchanté ; d'autre part, l'homme intègre, éperdument amoureux, mais très lié à sa mère.

Il ne s'agit pas d'un dualisme moral entre un « mauvais » et un « bon » visage de Musset : Octave et Cœlio sont ses reflets dans un miroir brisé, qui répercute à l'infini une image jamais satisfaisante. On peut aussi reprocher sa légèreté à Octave (son sérieux est bien tardif et apparaît après la mort de son meilleur ami !), comme on peut dénigrer l'idéalisme inutile et suicidaire de Cœlio. Mais les deux personnages ont aussi les qualités de leur défaut. Ils participent tous les deux de ce manque de confiance dans le monde, dans l'amour et finalement dans eux-mêmes, qui caractérise « l'enfant du siècle » dans lequel Musset s'est reconnu.

Octave ou le jeune libertin

Octave ne donne certes pas son titre à la pièce mais le jeune poète a mis beaucoup de lui en ce personnage qui en est le véritable actant : il discourt sur l'amour, le sert, s'y intéresse, mais reste très indécis, voire fuyant et contradictoire, quand il s'agit de s'engager sur ce terrain. Son entrée en scène le définit déjà largement en homme de la mascarade et en habile parleur : ses rapides échanges, du tac au tac, avec Cœlio d'abord, puis avec Claudio, mais également, plus changeants, avec Marianne, s'apparentent à des stichomythies. Il brosse d'ailleurs dès le début de la pièce, son autoportrait en funambule : « un danseur de corde, en brodequins d'argent, le balancier au poing, suspendu entre le ciel et la terre [...] c'est ma fidèle image que tu vois » (l. 96-110).

Octave goûte l'ivresse du vin et des femmes, il est volontiers sacrilège et agit comme pour se divertir, et avec un air de défi, sûr de lui lorsqu'il proclame :

1. Musset lui-même avouait ce clivage, ses maîtresses en ont témoigné, et les crises d'hallucination qui le frappaient dans sa jeunesse lui faisaient voir son double.

« Non, par le ciel ! je n'y renoncerai pas [...] Ou Cœlio réussira ou j'y perdrai ma langue » (l. 460-462). Mais son action d'entremetteur échoue lamentablement : au lieu d'obtenir de Marianne qu'elle cède aux instances de Cœlio, il fait prendre conscience à la jeune femme de ses propres désirs, la rend amoureuse de lui et fait tuer son meilleur ami. L'histrion bon vivant, habile en jeux de mots vulgaires ou spirituels, devient en quelques scènes un homme grave. Octave, le clown, qui avait pris les couleurs de Marianne au début de l'acte II, se comparant explicitement à elle (« je me sens moi-même une autre Marianne, et il y a du plaisir à être entêté », l. 460-462), laisse tomber le masque en fin de pièce. Derrière la joie finalement artificielle des débuts se révèlent l'angoisse de la mort et le refus de l'amour, comme en témoignent ces propos : « Adieu l'amour et l'amitié ! ma place est vide sur la terre » (l. 1061).

Cœlio ou le jeune premier sans consistance

Si Octave parle haut à chacun des autres protagonistes, s'il se lance dans l'intrigue sans guère hésiter, Cœlio, en revanche, n'agit pas et se morfond. Personnage d'un autre temps, amoureux n'osant intervenir plus directement que par des sérénades auprès de sa belle, il évoque la courtoisie médiévale[1], notamment lorsqu'il s'imagine participer à un tournoi au cours duquel il pourrait mourir pour la femme aimée (l. 754-760). Sans le masque de clown d'Octave, il relève pourtant lui aussi de l'artifice, tant il semble évoluer dans un autre monde, depuis le début la pièce, lorsque son destin est programmé par le récit de sa mère, jusqu'à la scène 5 de l'acte II lorsqu'il demande : « Est-ce un rêve, suis-je Cœlio ? » (l. 993), faisant écho aux angoisses de Hamlet dans la pièce de Shakespeare, ou aux doutes du prince Sigismond dans *La Vie est un songe* de Calderon (1600-1681).

Mais Octave et Cœlio se complètent, non seulement dans l'échange que veut leur faire subir Marianne, mais jusqu'à se confondre dans les mots même du poète.

---

1. L'amour courtois, dans les textes du Moyen Age, désigne, une relation amoureuse raffinée dans laquelle le chevalier se met au service de sa Dame, qu'il aime d'un amour pur.

Deux alter ego face à Marianne

De fait, les répliques d'Octave et Cœlio provoquent souvent un effet de miroir (CŒLIO. – « [...] Ou tu es gris, ou je le suis moi-même. OCTAVE. – Ou tu es amoureux, ou je le suis moi-même./ CŒLIO. – Plus que jamais de la belle Marianne./ OCTAVE. – Plus que jamais de vin de Chypre», l. 77-81). La dernière scène dit clairement qu'Octave aime Cœlio plus qu'il n'aimera jamais Marianne, Cœlio qu'il désigne comme « la bonne partie de [lui]-même » (l. 1027-1028). Cette amitié quasi amoureuse inquiète vivement le fragile Cœlio, qui craint d'être trompé par Octave dès la première scène et éprouvera progressivement le poison de la jalousie alors qu'il s'agit moins de sa maîtresse que de son ami. Le désir de l'un est servi puis relancé par l'autre, qui emploie parfois, devant Marianne, le « nous » pour parler d'eux deux (« nous ne vous craignons plus » l. 497). Enfin, leurs places sont interverties au moment de l'assassinat et de la disparition du plus timoré dans la scène 5 de l'acte II.

Un jeune premier sans guère de consistance, aimant en silence, condamné à un idéal mortel et un histrion bon vivant qui ne se départira de cette nature que lors de l'épilogue macabre : voilà deux protagonistes qui héritent de traditions théâtrales variées de la farce et de Beaumarchais[1]. Octave a peut-être ceci pour lui qu'il recèle en lui-même « du » Cœlio, quand l'inverse n'est pas vrai : à la scène 3 de l'acte II, il semble parler pour lui-même quand il fait la déclaration de Cœlio à Marianne et frise le ridicule de l'amoureux transi (« Ah ! si vous saviez sur quel autel sacré vous êtes adoré comme un dieu ! Vous, si belle, si jeune, si pure encore [...] », l. 869-871). Par ailleurs, Octave ne va pas non plus au bout de lui-même : le changement de Marianne l'étonne et, pour le comprendre, il choisit de l'imputer à l'inconstance proverbiale des femmes.

Les Caprices de Marianne mettent ainsi en scène une jeune femme qui se découvre elle-même, devant les efforts d'un amant d'un autre temps et d'un entremetteur libertin désenchanté.

---

1. À la scène 3 de l'acte II, Octave disant de Marianne « Ô femme trois fois femme » reprend, selon Frank Lestringant, la réplique de Figaro : « Ô femme trois fois femme » dans la scène 3 de l'acte V de la pièce de Beaumarchais *Le Mariage de Figaro*, entre autres clins d'œil.

VERS LA QUESTION D'ÉCRITURE

TEXTE 1, Alfred de Musset, ***Les Caprices de Marianne*** (1833), acte II, scène 3

Marianne, *seule*. – « Holà ! quelqu'un ! [...] j'ai à vous parler. »

➠ p. 40-41, l. 811-827

TEXTE 2, Alfred de Musset, ***Les Caprices de Marianne*** (1833), acte II, scène 5

Cœlio. – « Est-ce un rêve ? [...] le terme de mes maux. »

➠ p. 47-48, l. 993-1002

QUESTIONS

1. Quel est le registre de ces deux extraits ? Appuyez votre réponse sur des exemples précis.
2. Comment Musset procède-t-il pour exprimer les bouleversements qui caractérisent alors ses personnages ?
3. Qu'est-ce que ces répliques nous apprennent des caractères de Marianne et de Cœlio ? Quelles sont leurs principales oppositions ?

Piste 3 : Une pièce entre romantisme et comédie tragique ?

Les Caprices de Marianne obéissent à un sens singulier de l'écriture de Musset. À la fois au cœur du romantisme mais héritier d'une tradition dramaturgique classique, le jeune auteur produit avec cette pièce une œuvre dont les registres, comique et tragique, ne cessent de se mêler. À la manière de Shakespeare dont il est un fervent admirateur ou de Victor Hugo dont il sait tirer les leçons théâtrales, Musset offre là un texte qui répond à l'évidence aux conceptions romantiques. Une libération s'opère : il ne semble plus y avoir de contraintes. Cependant, fort de sa culture classique, Musset donne à la pièce un ton tragique et comique qui la range du côté du drame.

UNE ÉCRITURE ROMANTIQUE ?

L'écriture romantique de Musset consiste, tout d'abord, à reprendre les principes dramaturgiques développés par Victor Hugo. Ainsi, Musset parle de la célèbre *Préface de Cromwell* (1827) de Victor Hugo, dans laquelle celui-ci exprime le credo de l'art romantique, comme de l'« illustre préface ».

La Préface de *Cromwell*
Contre l'idée de beau idéal, Victor Hugo défend l'harmonisation des contraires, propre à la littérature moderne. Il prône ainsi l'abandon des unités, le mélange des genres, la couleur locale et l'assouplissement de la langue, autant de critères que l'on retrouve en grande partie dans *Les Caprices de Marianne.* D'autres éléments, comme le grotesque, ne sont pas travaillés dans cette pièce de Musset, qui n'est pas purement romantique. On se rappellera toutefois que son écriture est quasi contemporaine de la bataille d'*Hernani* (1830), autre grand moment de l'histoire du théâtre français du XIXe siècle.

Le jeune auteur a tenté de suivre ces principes, avant de renoncer assez vite à l'écriture pour la scène théâtrale. *Lorenzaccio* toutefois, inspiré d'une scène historique proposée par George Sand, relève davantage du drame romantique que *Les Caprices de Marianne.* Musset garde du romantisme la liberté d'écriture, même s'il le dépouille parfois jusqu'au point de retrouver, avec cette pièce, des accents classiques.

Une liberté romantique

Plusieurs éléments de la pièce relèvent en effet du romantisme : tout d'abord l'audace dans la composition, en particulier l'apparente digression de la scène 2 de l'acte I et la place laissée au hasard, contre une apparente nécessité dans l'ordre des choses, plus fréquente dans le classicisme (le « caprice » de Marianne produit un retournement si inattendu qu'Octave en est ébranlé dans ses convictions et que même Cœlio hésite à le croire).

Le mélange des genres et des tons constitue une autre liberté prise par rapport au théâtre classique, ce que le théâtre du XVIIIe siècle avait déjà bien engagé. La genèse des différentes œuvres de Musset montre qu'il ébauche parfois son théâtre en prose sous des formes versifiées, et qu'à l'inverse, ses poèmes peuvent être romanesques, et surtout riches en dialogues, comme des pièces de théâtre. Le romantisme, par souci de vraisemblance et par goût de l'originalité et souvent des paysages, ouvrait aussi la littérature à la couleur locale, au pittoresque : Musset place l'intrigue des *Caprices* à Naples, fait allusion au Vésuve, au Lacryma Christi, et aux sérénades chantées sous les fenêtres.

Si l'on considère, à la fin de la pièce, la mort de Cœlio et la tristesse d'Octave et de Marianne qui ne peuvent s'aimer, on pourrait qualifier de morbide le traitement de la relation amoureuse, ce qui constituerait un élément typique du romantisme, selon le sévère jugement de goût de Goethe (1749-1832), qui définissait le romantisme comme un art malade, par opposition au classicisme qu'il considérait comme un art sain ! On reconnaîtra simplement que le désenchantement est fréquemment décliné par les romantiques, qui exaltent la passion mais la voue volontiers à l'échec et à la mort. Mais ce sont aussi les ouvertures à l'imaginaire, au sein de l'intrigue assez triviale, qui rendent sensible ce courant dans la pièce telles que l'autoportrait en funambule qu'Octave donne de lui à la première scène, les rêveries auxquelles invite l'ivresse du personnage[1], ou le ton onirique de l'avant-dernière également qui met en scène une mort de Cœlio si théâtrale et qui brouille encore plus les rapports entre lui et Octave. L'audace du personnage féminin relève de l'histoire du siècle, où des revendications sociopolitiques vont faire entendre davantage la cause du beau sexe.

Contre le classicisme encore, on note que, si cette pièce traite de manière assez originale le thème amoureux, elle ne permet d'en dégager aucune morale pour autant, au contraire presque : Musset recherche une complicité avec son lecteur ou son spectateur, plus qu'il ne lui propose un jugement idéal.

Des accents classiques ?

Toutefois, *Les Caprices de Marianne* ne relèvent pas complètement du romantisme. Outre la version que Musset a réécrite pour la scène, en ne conservant qu'un lieu, on notera que l'action reste globalement unique dès 1833 : un entremetteur, chargé de gagner le cœur d'une jeune femme pour son

1. Le romantisme allemand, qui précéda historiquement le romantisme français, développa le genre fantastique – avec les contes d'Hoffmann (1776-1822) – or ce genre intègre volontiers le thème de l'ivresse, qui jette le doute sur l'existence du surnaturel et ouvre l'esprit aux chimères et aux visions. Un romantique anglais comme Coleridge (1772-1834) vit ses images poétiques attribuées parfois aux drogues qu'il prenait pour calmer ses douleurs. Et Baudelaire chanta les paradis artificiels.

ami, échoue. Le récit tragique d'Hermia, dans la scène 2 de l'acte I, s'ajoute à quelques répliques pour donner dès le début une tension programmatrice de la fin : Cœlio se demande si Octave ne risque pas de le tromper (« ne me trompe pas, je t'en conjure ; il est aisé de me tromper ; je ne sais pas me défier d'une action que je ne voudrais pas faire moi-même » l. 184-186). Or si Octave ne le fait pas, Marianne le lui suggère au point qu'il hésite un instant. Cela est répété à la scène 1 de l'acte II, quand Octave demande à Cœlio si celui-ci le soupçonne (« te défies-tu de moi ? », l. 476) et que celui-ci répond à propos de Marianne : « Dis-lui que me tromper, c'est me donner la mort et que ma vie est dans ses yeux » (l. 479-480), phrase qui a valeur d'ironie tragique[1], dans la mesure où derrière le lieu commun d'une déclaration d'amour, le personnage annonce qu'il va réellement mourir à cause de sa bien-aimée. Dans la scène, suivante, Ciuta relance le pressentiment funeste de l'amant : « Seigneur Cœlio, défiez-vous d'Octave » (l. 742). Musset, en installant ainsi l'idée d'une fin inéluctable, agit à la manière d'un tragédien classique, qui donne de l'unité à son œuvre. Par ailleurs, la couleur locale italienne reste superficielle : conventionnelle, décorative, voire uniquement poétique, pour donner de l'épaisseur au caractère passionné et capricieux de l'amour, tel le Vésuve, ou pour faire résonner le caractère sacrilège d'Octave qui boit les larmes du Christ (II, 1), ce dont il se repentira d'une certaine façon à la dernière scène.

Mais la pièce de Musset obéit aussi à un caprice dramaturgique qui la range aussi bien du côté de la comédie que de la tragédie.

LE « CAPRICE » : UNE COMÉDIE TRAGIQUE ?

Caprice enfantin que celui de Marianne, ou caprice de femme décidant se révolter contre un vieil époux autoritaire ? Le « caprice » désigne encore, au XIXe siècle, l'écart qu'un homme s'autorise avec une femme, pour un simple

1. *Ironie tragique* : procédé qui consiste à jouer des deux sens d'une phrase, le premier, sans gravité, le second annonçant une fin terrible. On en trouve un bel exemple dans la tragédie antique de Sophocle (v. 495 – 406 av. J.-C.), *Antigone*, où, dès la première réplique, Créon se dit parent par le sang d'Œdipe et de ses fils, ceci afin de justifier qu'il monte sur leur trône – mais ce qui annonce aussi qu'il va connaître les mêmes bains de sang qu'eux (« c'est moi qui désormais possède leur trône et tout leur pouvoir, puisque le sang fait de moi le plus proche parent laissé par ces morts. »)

plaisir sexuel – et l'on saisit alors l'audace que peut contenir le titre de Musset. Dans la pièce, c'est aussi le déroulement des choses qui est « capricieux » : le hasard décide de l'amour (Cœlio aime Marianne qui va aimer Octave, qui ne l'aime pas), qui décide d'un quiproquo (Octave cède sa place à un rendez-vous galant à son meilleur ami, et c'est la mort qui attend ce dernier)... Et le hasard décide d'ailleurs de l'amour des hommes : quand Octave fait mine d'annoncer à Marianne que Cœlio ne l'aime plus, au début de l'acte II, celle-ci, ironique, s'exclame : « Voyez comme le hasard me contrarie ! Moi qui allais l'aimer ! », et ne fait par là qu'annoncer sa réelle légèreté de mœurs à venir deux scènes plus tard. Dans le champ artistique, musical, pictural, puis littéraire, le caprice correspond enfin à une œuvre qui suit la fantaisie créatrice de son auteur, et non pas des règles extérieures[1]. Le mélange de registres comique et tragique va ainsi présider ici au caprice que constitue cette pièce.

Un registre comique ?

Les libertés de composition de la pièce légitiment encore ce titre si riche de sens, et accompagnent le mélange des tons comique et tragique. Si la scène classique française avait interdit cela, en se réclamant de règles antiques, le théâtre élisabéthain anglais et le Siècle d'or espagnol avaient en revanche déjà accueilli ce panachage. En France, il était entré plus progressivement en scène au XVIIIe siècle, avec le drame bourgeois promu par Denis Diderot (1713-1784), puis avec le romantisme, avec, en particulier, la célèbre *Préface de Cromwell*[2].

Les Caprices de Marianne relèvent donc de la comédie – c'est le sous-titre de la pièce – mais n'ignorent pas non plus le tragique. Comédie par plusieurs aspects : l'intrigue amoureuse (traditionnelle du genre), la légèreté générale du ton, le personnage ridicule de Claudio, la bassesse de certains personnages

1. E. T. A. Hoffmann (1776-1822), le grand conteur romantique allemand, a utilisé cette forme, rendant hommage aux « caprices » du graveur lorrain Jacques Callot (1592-1635) ; le peintre espagnol Francisco de Goya (1746-1828) a proposé toute une série de « caprices », dans lesquels il ouvre également son imagination au fantastique onirique et macabre, tout en prenant en compte les réalités socio-historiques terribles de son époque ; Musset, amateur de Beaux-Arts, était son fervent admirateur.

2. Voir page 53.

(Ciuta, Rosalinde) et la trivialité du langage (considérations d'Octave sur l'amour, les femmes et la bouteille) ou de certaines situations (Marianne, indignée par son mari, réclamant un amant pour se venger, et n'importe lequel, et pour ce soir !) ceci dans l'esprit des nouvelles de Boccace et du Moyen Age ou de la Renaissance, voire des farces.

***Les Caprices de Marianne* comme drame**

Tragédie aussi, ou plutôt drame : nulle faute démesurée, dans *Les Caprices*, que punirait une force transcendante, mais une histoire qui finit mal, et certainement pas selon un schéma de comédie. L'amant est non seulement assassiné, mais il se laisse tuer, renonçant à la vie pour laquelle il ne semble pas fait. Cœlio meurt désillusionné, croyant en la traîtrise de son ami et en la légèreté de la femme aimée : il paraît à la mesure d'un idéal qui n'a pas de place sur terre et on retrouve là un trait de tragédie classique. Octave n'a pas su empêcher cela, et c'est moins la malice de Claudio qui triomphe qu'un sort néfaste, car Musset ne prend pas la peine d'installer une machination de la part du mari : pas de fatalité, mais une providence hostile, qu'Octave avait largement caractérisée comme capricieuse, à propos de l'amour. Les hommes ne semblent pas maîtres de leur destin, et ceci est caractéristique d'une pensée tragique.

Dernier point en faveur de la tragédie que constitue aussi *Les Caprices de Marianne* : la scène 6 de l'acte II fait parler gravement Octave, que la mort de son ami et les mots de Marianne semblent mener à une méditation sur soi, à une reconnaissance de sa véritable nature, et à la résolution d'agir désormais différemment, ceci devant une tombe où il croit être enterré lui-même (« c'est moi qu'ils ont étendu sous cette froide pierre [...] Adieu les bruyants repas, les causeries du soir, les sérénades sous les balcons dorés [...] Adieu l'amour et l'amitié ! ma place est vide sur la terre ! », l. 1054-1061). Or ceci est caractéristique d'un élément qu'Aristote (384-382 av. J.-C.), dans sa *Poétique*[1], considérait comme fondamental dans une tragédie : le moment de la reconnaissance (« anagnorisis » en grec), à

1. Ce traité antique est fragmentaire, ce sont en fait des notes de cours prises par les disciples du philosophe. Aristote y classe les genres littéraires, en s'arrêtant plus particulièrement sur la tragédie, et en développant surtout l'exemple d'*Œdipe-Roi* de Sophocle. Vingt-quatre siècles plus tard, il reste un texte majeur pour la critique littéraire du monde occidental.

savoir celui où le héros, accablé, saisit soudain toutes ses erreurs, perd ses illusions et acquiert un savoir supérieur, une véritable sagesse. Car s'il est un héros tragique dans cette pièce de Musset, ce n'est certainement pas Cœlio, mais Octave, dont la faute, s'il en est une, est peut-être l'insouciance et le refus d'envisager vraiment l'amour.

Comédie, tragédie, drame romantique ? L'auteur réussit là une pièce qui résonne de toute une histoire du théâtre et qui propose un divertissement très moderne, que seul le XXe siècle jouera dans sa version originale, sans en épuiser toutes les virtualités[1].

VERS LA DISSERTATION

À sa parution en 1833, *Les Caprices de Marianne* porte la mention « comédie ». Pensez-vous que ce registre définisse l'ensemble de la pièce ?

QUESTIONS

1. Montrez en quoi il est important pour Musset de souligner d'emblée qu'il s'agit d'une comédie.
2. Montrez que les registres tragique et pathétique sont présents dans certaines scènes.
3. Peut-on nuancer ce terme de « comédie » pour aboutir à une définition du drame romantique ?

1. Voir l'entretien avec Christophe Meynet, p. 92.

OBJECTIF BAC

SUJET D'ÉCRIT 1 Vanité et désenchantement

Objets d'étude : Le théâtre • La poésie • L'argumentation

DOCUMENTS

A. WILLIAM SHAKESPEARE, ***Hamlet*** (1601), acte V, scène 1

B. TRISTAN L'HERMITE, ***Poésies galantes et héroïques*** (1648), « Les Images d'un songe »

C. ALFRED DE MUSSET, ***Les Caprices de Marianne*** (1833), acte II, scène 6

D. CHARLES BAUDELAIRE, ***Les Fleurs du mal*** (1855), « L'Amour et le Crâne »

DOCUMENT A

WILLIAM SHAKESPEARE, ***Hamlet*** (1601), acte V, scène 1, trad. française de François Maguin, © Éditions GF Flammarion, 1995.

Hamlet, prince de Danemark et Horatio, son ami, rencontrent deux fossoyeurs en train de creuser la tombe d'Ophélie, la promise d'Hamlet. Ce dernier s'adresse à eux pour engager une méditation sur la signification de la vie et de la mort.

HAMLET. – Combien de temps un homme gît-il en terre avant de pourrir ?

LE FOSSOYEUR. – Ma foi, si ça n'est pas pourri avant de mourir – parce qu'on voit beaucoup de corps de vérolés ces temps-ci, à peine s'ils tiennent quand vous les mettez en terre – ça peut bien vous durer huit à neuf ans. Un tanneur vous durera neuf ans.

HAMLET. – Pourquoi celui-là plus qu'un autre ?

LE FOSSOYEUR. – Ça, Monsieur, il a le cuir si tanné par le métier qu'il résiste à l'eau un bon moment, et l'eau, y a pas mieux pour vous pourrir un enfant d'garce de cadavre. Tenez, un crâne par exemple : ce crâne-là, il vous a passé vingt-trois ans en terre.

HAMLET. – À qui était-il ?

LE FOSSOYEUR. – À un enfant d'garce de fou qu'il était. À qui croyez-vous qu'il était ?

HAMLET. – Hé, je ne sais pas.

LE FOSSOYEUR. – La peste soit de ce drôle, quel enragé... un jour, il m'a versé un flacon de vin du Rhin sur la tête ! Ce crâne-là, Monsieur, était le crâne de Yorick, le bouffon du Roi.

HAMLET. – Celui-ci ?

LE FOSSOYEUR. – Oui, celui-là ?

HAMLET. – Donne voir. *(Il prend le crâne.)* Hélas ! pauvre Yorick ! Je l'ai connu, Horatio... c'était un garçon d'une verve infinie, de plus exquise fantaisie. Il m'a porté sur son dos un millier de fois, et maintenant quelle horreur d'imaginer cette chose ! J'en ai un haut-le-cœur ! Ici tenaient ces lèvres que j'ai embrassées je ne sais combien de fois. Où sont vos railleries maintenant, vos cabrioles, vos chansons, vos facétieux éclats qui faisaient toujours rugir la table de rires ? La mâchoire vous en tombe ? Et maintenant, allez voir ma Dame dans sa chambre et dites-lui qu'elle peut bien se barbouiller d'un pouce de fard, c'est à cette figure qu'il lui faudra en venir. Faites-la rire avec ça. Je t'en prie, Horatio, dis-moi une chose.

HORATIO. – Quoi donc, Monseigneur ?

HAMLET. – Penses-tu qu'Alexandre faisait cette mine, en terre ?

HORATIO. – Sûrement.

DOCUMENT B

Tristan L'Hermite, ***Poésies galantes et héroïques*** (1648)

Les Images d'un songe

C'est fait de mes Destins, je commence à sentir
Les incommoditez que la vieillesse apporte.
Déjà la pâle Mort pour me faire partir,
D'un pied sec et tremblant vient fraper à ma porte.
Ainsi que le soleil sur la fin de son cours
Paroît plûtost tomber que descendre dans l'onde,
Lors que l'homme a passé les plus beaux de ses jours,
D'une course rapide il passe en l'autre monde.

Il faut éteindre en nous tous frivoles desirs,
Il faut nous détacher des terrestres plaisirs
Où sans discretion nostre apetit nous plonge.

Sortons de ces erreurs par un sage conseil ;
Et cessans d'embrasser les images d'un songe,
Pensons à nous coucher pour le dernier sommeil.

DOCUMENT C

Alfred de Musset, ***Les Caprices de Marianne*** (1833), acte II, scène 6
« Moi seul au monde [...] qui vous aimait. »
➡ p. 49-50, l. 1020-1065

DOCUMENT D

Charles Baudelaire, ***Les Fleurs du mal*** (1855)

L'Amour et le Crâne
vieux-cul-de-lampe

L'Amour est assis sur le crâne
De l'Humanité,
Et sur ce trône le profane,

Au rire effronté,
Souffle gaiement des bulles rondes
Qui montent dans l'air,
Comme pour rejoindre les mondes
Au fond de l'éther.

Le globe lumineux et frêle
Prend un grand essor,
Crève et crache son âme grêle
Comme un songe d'or.

J'entends le crâne à chaque bulle
Prier et gémir :
« Ce jeu féroce et ridicule,
Quand doit-il finir ?

Car ce que ta bouche cruelle
Éparpille en l'air,
Monstre assassin, c'est ma cervelle,
Mon sang et ma chair ! »

QUESTIONS SUR LE CORPUS (4 points)

1. Quels sont les points communs et les différences entre ces méditations sur la mort, ou ces invitations à méditer sur la mort ?

2. Étudiez les différents registres utilisés dans ces extraits et voyez comment tous ces documents cherchent à faire de l'effet sur le lecteur et le spectateur.

TRAVAUX D'ÉCRITURE (16 points)

Commentaire

Vous proposerez un commentaire du texte D.

Pour vous aider à répondre
Étudiez la personnification de l'amour et de la mort et dites quels effets vise leur relation sur le lecteur.

Dissertation

La méditation sur la mort permet-elle aux dramaturges de rejoindre le hors-temps des poètes ? Vous proposerez des exemples précis pour appuyer votre réflexion sur l'actualité de tout personnage dramatique.

Écriture d'invention

Imaginez une scène où une méditation devant la tombe d'un ami invite à se tourner vers la joie de vivre et vers l'amour – en caractérisant la vie et l'amour alors envisagés. Vous vous adressez à lui par-delà sa mort en prenant soin d'utiliser les registres pathétique et tragique.

SUJET D'ÉCRIT 2 Le couple du vieux barbon et de la jeune femme aimable

Objet d'étude : Le théâtre

DOCUMENTS

A. Molière, ***L'École des femmes*** (1662), acte II, scène 4
B. Beaumarchais, ***Le Barbier de Séville*** (1775), acte II, scène 4
C. Victor Hugo, ***Hernani*** (1830), acte III, scène 1
D. Alfred de Musset, ***Les Caprices de Marianne*** (1833), acte II, scène 3

DOCUMENT A

Molière, ***L'École des femmes*** (1662), acte II, scène 4

Arnolphe a fait élever Agnès dans la plus grande simplicité et sans culture. Il apprend qu'un jeune homme la courtise en son absence et mène l'enquête pour savoir si la jeune fille est restée innocente, car il souhaite l'épouser.

Arnolphe

[...] Mais je voulais apprendre
S'il ne vous a rien fait que vous baiser les bras.

Agnès

Comment ! est-ce qu'on fait d'autres choses ?

ARNOLPHE

Non pas.
Mais, pour guérir du mal qu'il dit qui le possède,
N'a-t-il point exigé de vous d'autre remède ?

AGNÈS

Non. Vous pouvez juger, s'il en eût demandé,
Que pour le secourir j'aurais tout accordé.

ARNOLPHE, *à part*

Grâce aux bontés du Ciel, j'en suis quitte à bon compte.
Si je retombe plus, je veux bien qu'on m'affronte.
Chut ! De votre innocence, Agnès, c'est un effet ;
Je ne vous en dis mot, ce qui s'est fait est fait.
Je sais qu'en vous flattant le galant ne désire
Que de vous abuser, et puis après s'en rire.

AGNÈS

Oh ! point. Il me l'a dit plus de vingt fois à moi.

ARNOLPHE

Ah ! vous ne savez pas ce que c'est que sa foi.
Mais enfin apprenez qu'accepter des cassettes
Et de ces beaux blondins écouter les sornettes,
Que se laisser par eux, à force de langueur,
Baiser ainsi les mains et chatouiller le cœur,
Est un péché mortel des plus gros qu'il se fasse.

AGNÈS

Un péché, dites-vous ! et la raison, de grâce ?

ARNOLPHE

La raison ? La raison est l'arrêt prononcé
Que par ces actions le ciel est courroucé.

AGNÈS

Courroucé ? Mais pourquoi faut-il qu'il s'en courrouce ?

C'est une chose, hélas ! si plaisante et si douce !
J'admire quelle joie on goûte à tout cela,
Et je ne savais point encor ces choses-là.

ARNOLPHE
Oui ; c'est un grand plaisir que toutes ces tendresses,
Ces propos si gentils et ces douces caresses ;
Mais il faut le goûter en toute honnêteté,
Et qu'en se mariant le crime en soit ôté.

AGNÈS
N'est-ce plus un péché lorsqu'on se marie ?

ARNOLPHE
Non.

AGNÈS
Mariez-moi donc promptement, je vous prie.

DOCUMENT B

BEAUMARCHAIS, ***Le Barbier de Séville*** (1775), acte II, scène 4

Rosine, mariée au jaloux Bartholo, se laisse courtiser par le comte Almaviva pour lequel elle a déjà laissé tomber une lettre par sa fenêtre, au nez de son époux, à l'acte précédent. Figaro, barbier, doit aider Almaviva dans son entreprise amoureuse.

BARTHOLO, *en colère.* – Ah ! malédiction ! l'enragé, le scélérat corsaire de Figaro ! Là, peut-on sortir un moment de chez soi sans être sûr en rentrant…

ROSINE. – Qui vous met donc si fort en colère, Monsieur ?

BARTHOLO. – Ce damné Barbier qui vient d'écloper toute ma maison, en un tour de main. Il donne un narcotique à L'Éveillé, un sternutatoire à La Jeunesse ; il saigne au pied Marceline ; il n'y a pas jusqu'à ma mule… sur les yeux d'une pauvre bête aveugle, un cataplasme ! Parce qu'il me doit cent écus, il se presse de faire des mémoires. Ah ! qu'il les apporte ! Et personne à l'antichambre ! On arrive à cet appartement comme à la place d'armes.

ROSINE. – Et qui peut y pénétrer que vous, Monsieur ?

BARTHOLO. – J'aime mieux craindre sans sujet que de m'exposer sans précaution ; tout est plein de gens entreprenants, d'audacieux… N'a-t-on pas ce matin encore ramassé lestement votre chanson pendant que j'allais la chercher ? Oh ! Je…

ROSINE. – C'est bien mettre à plaisir de l'importance à tout ! Le vent peut voir éloigné ce papier, le premier venu, que sais-je ?

BARTHOLO. – Le vent, le premier venu !… Il n'y a point de vent, Madame, point de premier venu dans le monde ; et c'est toujours quelqu'un posté là exprès qui ramasse les papiers qu'une femme a l'air de laisser tomber par mégarde.

ROSINE. – À l'air, Monsieur ?

BARTHOLO. – Oui, Madame, a l'air.

ROSINE, *à part.* – Oh ! le méchant vieillard !

BARTHOLO. – Mais tout cela n'arrivera plus, car je vais faire sceller cette grille.

ROSINE. – Faites mieux, murez mes fenêtres tout d'un coup. D'une prison à un cachot, la différence est si peu de chose !

BARTHOLO. – Pour celles qui donnent sur la rue, ce ne serait peut-être pas si mal… Ce Barbier n'est pas entré chez vous, au moins !

ROSINE. – Vous donne-t-il aussi de l'inquiétude ?

BARTHOLO. – Tout comme un autre.

ROSINE. – Que vos répliques sont honnêtes !

BARTHOLO. – Ah ! fiez-vous à tout le monde, et vous aurez bientôt à la maison une bonne femme pour vous tromper, de bons amis pour vous la souffler et de bons valets pour les y aider.

ROSINE. – Quoi ! vous n'accordez pas même qu'on ait des principes contre la séduction de Monsieur Figaro ?

BARTHOLO. – Qui diable entend quelque chose à la bizarrerie des femmes, et combien j'en ai vu de ces vertus à principes…

ROSINE, *en colère.* – Mais, Monsieur, s'il suffit d'être homme pour nous plaire, pourquoi donc me déplaisez-vous si fort ?

BARTHOLO, *stupéfait.* – Pourquoi ?… Pourquoi ?… Vous ne répondez pas à ma question sur ce Barbier.

ROSINE, *outrée*. – Eh bien oui, cet homme est entré chez moi, je l'ai vu, je lui ai parlé. Je ne vous cache pas même que je l'ai trouvé fort aimable ; et puissiez-vous en mourir de dépit ! *(Elle sort.)*

DOCUMENT C

ALFRED DE MUSSET, ***Les Caprices de Marianne*** (1833), acte II, scène 3
« Pensez-vous que je sois un mannequin [...] en profitera. »
➡ p. 38-44, l. 761-918

DOCUMENT D

VICTOR HUGO, ***Hernani*** (1830), acte III, scène 1

Dona Sol préférerait mourir que de renoncer à Hernani, qu'elle aime, pour épouser son vieil oncle, Don Ruy Gomez, qui s'avérera noble mais aussi follement amoureux, jusqu'à pousser les deux amants au suicide à la fin de la pièce romantique.

Ici la scène se passe lors de la préparation du mariage de Don Ruy Gomez avec Doña Sol. Don Ruy Gomez est au comble du ravissement : on lui apprend la mort probable d'Hernani.

DON RUY GOMEZ

Mais va, crois-moi, ces cavaliers frivoles
N'ont pas d'amour si grand qu'il ne s'use en paroles.
Qu'une fille aime et croie un de ces jouvenceaux,
Elle en meurt, il en rit. Tous ces jeunes oiseaux,
À l'aile vive et peinte, au langoureux ramage,
Ont un amour qui mue ainsi que leur plumage.
Les vieux, dont l'âge éteint la voix et les couleurs,
Ont l'aile plus fidèle, et, moins beaux, sont meilleurs.
Nous aimons bien. Nos pas sont lourds ? nos yeux arides ?
Nos fronts ridés ? Au cœur on n'a jamais de rides.
Hélas ! quand un vieillard aime, il faut l'épargner.
Le cœur est toujours jeune, et peut toujours saigner.
Oh ! mon amour n'est point comme un jouet de verre
Qui brille et tremble ; oh ! non, c'est un amour sévère,

Profond, solide, sûr, paternel, amical,
De bois de chêne, ainsi que mon fauteuil ducal !
Voilà comme je t'aime, et puis je t'aime encore
De cent autres façons, comme on aime l'aurore,
Comme on les fleurs, comme on aime les cieux !
De te voir tous les jours, toi, ton pas gracieux,
Ton front pur, le beau feu de ta fière prunelle,
Je ris, et j'ai dans l'âme une fête éternelle !

DOÑA SOL

Hélas !

DON RUY GOMEZ

Et puis, vois-tu ? le monde trouve beau,
Lorsqu'un homme s'éteint, et lambeau par lambeau,
S'en va, lorsqu'il trébuche au marbre de la tombe,
Qu'une femme, ange pur, innocente colombe,
Veille sur lui, l'abrite, et daigne encor souffrir
L'inutile vieillard qui n'est bon qu'à mourir.
C'est une œuvre sacrée, et qu'à bon droit on loue,
Que ce suprême effort d'un cœur qui se dévoue,
Qui console un mourant jusqu'à la fin du jour,
Et, sans aimer peut-être, a des semblants d'amour !
Oh ! tu seras pour moi cet ange au cœur de femme
Qui du pauvre vieillard réjouit encor l'âme,
Et de ses derniers ans lui porte la moitié,
Fille par le respect et sœur par la pitié.

DOÑA SOL

Loin de me précéder, vous pourrez bien me suivre,
Monseigneur ; ce n'est pas une raison pour vivre
Que d'être jeune. Hélas ! je vous le dis, souvent
Les vieillards sont tardifs, les jeunes vont devant,
Et leurs yeux brusquement referment leur paupière,
Comme un sépulcre ouvert dont retombe la pierre.

DON RUY GOMEZ

Oh ! les sombres discours ! Mais je vous gronderai,
Enfant ! un pareil jour est joyeux et sacré.
Comment, à ce propos, quand l'heure nous appelle,
N'êtes-vous pas encor prête pour la chapelle ?
Mais, vite ! habillez-vous. Je compte les instants.
La parure de noce !

DOÑA SOL

Il sera toujours temps.

QUESTIONS SUR LE CORPUS (4 points)

1. Comment se distinguent ces quatre couples mal assortis, où la jeune femme reste contrainte par l'autorité du vieillard ? quels sont les rapports de force exhibés ?

2. Étudiez les nuances du registre comique dans ces extraits. Contre quel discours s'exerce-t-il ?

TRAVAUX D'ÉCRITURE

Commentaire

Vous proposerez un commentaire du texte C.

Pour vous aider à répondre
Étudiez l'évolution des sentiments de Rosine au fil du dialogue ; peut-on parler d'un renversement dans la hiérarchie des deux personnages ici, et à propos de quel objet du discours ?

Dissertation

Les situations d'oppression fournissent souvent de bons ressorts à l'action théâtrale. Dans quelle mesure ces couples forcés du barbon et de la jeune femme aimable fournissent-ils des pistes intéressantes pour les auteurs ? Vous nourrirez votre réflexion de l'examen des textes proposés et de vos lectures personnelles.

Écriture d'invention

Vous réécrirez les répliques que Doña Sol aimerait formuler face à Don Ruy Gomez, dans un langage plus contemporain, en imaginant qu'elle n'a pas l'innocence du personnage d'Agnès dans *L'École des femmes*. Vous prendrez soin de mélanger les registres.

SUJET D'ORAL 1 La scène d'exposition

ALFRED DE MUSSET, ***Les Caprices de Marianne*** (1833), acte I, scène 1
« Ma belle dame [...] attenter à mes jours. »
➡ p. 7-11, l. 1-93

Question

Ce début de scène correspond-il à une exposition ?

Pour vous aider à répondre
Dans une pièce classique, la scène d'exposition présente l'action, les protagonistes principaux, le lieu et donne éventuellement des indices sur le dénouement. Vous étudierez la forme de cet extrait de Musset en examinant ces quatre éléments. Lesquels retrouve-t-on le plus ? Par quels procédés ? Que dire de l'ordre d'entrée sur scène des personnages ?

Comme à l'entretien

1. Comment les personnages ici en scène vont-ils évoluer ?
2. Étudiez le dialogue entre Octave et Cœlio : comment permet-il de caractériser la relation générale entre ces deux personnages ? Comment le dénouement de la pièce éclairera-t-il ce dialogue ?
3. Comment les auteurs des autres œuvres littéraires que vous avez étudiées cette année introduisent-ils l'histoire et ses personnages principaux ?

SUJET D'ORAL 2 Le comique de Musset

ALFRED DE MUSSET, ***Les Caprices de Marianne*** (1833), acte II, scène 1
« *Entrent Claudio et Tibia* [...] *Sortent Claudio et Tibia.* »
➡ p. 31-33, l. 578-624

Question

Sur quoi repose le comique de ce passage ?

Pour vous aider à répondre

1. Le comique de mots repose sur des jeux de reprise, de polysémie, des allusions, mais aussi sur le rythme de l'échange entre les protagonistes : il s'agit de classer ces procédés en les rattachant au caractère des personnages.

2. Vous poserez la question de la caractérisation de Claudio, moins ridicule que dans d'autres scènes (à rappeler). Le comique de mots peut dissimuler une situation grave : qu'en est-il ici ?

Comme à l'entretien

1. Quelle est la relation entre Claudio et Octave dans l'histoire et quel aspect prend-elle ici ? Vous replacerez bien ce passage dans son contexte (en particulier les quelques répliques qui précèdent et qui suivent) pour préciser la valeur de son comique.

2. Comment appelle-t-on une suite de répliques brèves entre deux adversaires au théâtre ?

3. Y a-t-il d'autres passages qui vous ont semblé comiques dans cet acte ? Lesquels ? Pourquoi ?

4. Que savez-vous du mélange des tons au théâtre ?

SUJET D'ORAL 3 Le retournement de situation et la prise de conscience

ALFRED DE MUSSET, ***Les Caprices de Marianne*** (1833), acte II, scène 3
« Je vous défendrais de le voir [...] *Il se jette à genoux.* »
➡ p. 39-42, l. 795-863

Question

Dans quelle mesure assiste-t-on ici au retournement dramatique ?

Pour vous aider à répondre

La construction de cet extrait en termes de dialogue et de gestuelle permet de distinguer trois parties : il y a un avant et un après le monologue de Marianne ici, mais aussi dans toute la pièce. Les tons que Musset emploie pour Marianne suivent un *crescendo* qui transforme radicalement le caractère du personnage : replacez bien l'extrait dans l'histoire et en fonction de ce que Marianne a déjà montré d'elle dans ses dialogues précédents avec Octave.

Comme à l'entretien

1. Quelles sont les positions des deux personnages masculins face à Marianne ?

2. Peut-on dire que cet extrait justifie le titre de la pièce ? Vous développerez les sens du mot « caprice ».

3. Pourquoi cet extrait, parmi d'autres que vous citerez, a-t-il pu vous paraître surprenant ?

SUJET D'ORAL 4 La mort de l'amant

ALFRED DE MUSSET, ***Les Caprices de Marianne*** (1833), acte II, scène 5
« Laissez-le entre [...] êtes-vous fou ou somnambule ? »
➡ p. 47-48, l. 976-1010

Question

Étudiez la confusion dans laquelle se déroule la mort de Cœlio et la caractérisation de ce personnage.

Pour vous aider à répondre

1. Tous les personnages semblent se tromper sur les autres dans cet extrait : vous pourrez rappeler d'où vient leur erreur dans ce qui précède. Vous relèverez les termes relevant du champ lexical de l'illusion.

2. La pièce n'est pas très riche en action, sauf ici, ce que l'on peut voir en étudiant l'arrangement de l'espace scénique, la gestuelle des personnages, le rythme des répliques...

Comme à l'entretien

1. Qu'est-ce qu'un quiproquo ?

2. Le personnage de Cœlio participe-t-il vraiment à l'action ? Dans quel registre s'exprime-t-il ? Comparez-le à Octave dans toute la pièce.

3. Le mot de « jalousie » revient ici plusieurs fois sous la plume de Musset : commentez-le.

Pour aller plus loin

Interview de Christophe Meynet

Christophe Meynet est comédien, professeur de théâtre. Il a participé à la mise en scène de pièces contemporaines et projette de monter la pièce de Musset.

1. *Comment en êtes-vous venu à l'idée de monter* Les Caprices de Marianne *?*

   J'ai toujours aimé les pièces de Musset et, en rencontrant des comédiens intéressés précisément par cette pièce, en voyant également plusieurs mises en scène de celle-ci, il m'a semblé qu'on y cherchait trop souvent une morale, alors qu'elle traite d'abord du désir et de l'amour. Octave et Marianne, dès qu'ils se rencontrent, ont une révélation qui relève du désir : c'est un coup de foudre, et la suite de la pièce passe par des révélations

2. *Qu'est-ce que cela implique quant à la conception des personnages ?*

   C'est surtout le personnage de Marianne que je représenterai autrement que ce que l'on propose souvent, à savoir une femme en révolte, porteuse d'un message quasiment féministe avant la lettre… Marianne est en effet une très jeune femme, qui ne sait rien de la vie, qui est même assez sotte. Le désir va changer son statut, mais ne l'en rendra pas plus morale pour autant, ni plus moralisatrice. Marianne se sert de la morale quand cela l'arrange – comme la Camille d'***On ne badine pas avec l'amour*** ! Marianne est d'ailleurs prête à mentir. Elle dédaigne en Cœlio un amoureux peut-être sincère et lui préfère Octave, à qui elle tient un discours certes un peu provocant sur la femme, mais qui n'est guère original, et qui sert à l'étonner et à le séduire. C'est une erreur de faire de Marianne une icône de l'émancipation.

3. Marianne n'a-t-elle pas une forme de courage, cependant, en se dégageant de la coupe tyrannique de son mari, Claudio, et en courtisant jusqu'à la fin, explicitement, Octave, qui la repousse ?

Cette déclaration finale ne fait que montrer que c'est le désir qui aiguillonne Marianne, désir qui a abandonné Octave, trop désillusionné. Ce désir n'est sans doute pas opposé à l'amour, il le conditionne même selon moi, et la vie de Musset permet d'imaginer qu'il le pensait aussi.

4. Vous trouvez donc que la vie de l'auteur est importante, pour les choix d'une mise en scène ?

Certainement. Il s'agit surtout de s'imprégner de sa pensée, de ses intentions. Les adaptations d'une pièce à une autre époque, par exemple, peuvent être intéressantes, mais il faut garder l'esprit et le sens profond que l'auteur place dans ses mots. Sa vie peut nous aider à comprendre cela, de même que le contexte culturel de l'époque. Qu'une pièce soit jouée en costumes d'époque ou en costumes actuels, par exemple, ne m'importe guère en général : l'important, c'est le sens et l'intention qui passent par le jeu des comédiens. Dans ***Les Caprices de Marianne***, plus que jamais dans le théâtre, il n'y a pas de petits sentiments, mais des excès : du désir, de l'injustice tyrannique, de grands troubles, de la lassitude devant la vie aussi…

5. Comment, dans cette mesure, envisagez-vous le jeu d'Octave ?

Octave est désillusionné dès le début de la pièce. Son arrivée en clown devant Cœlio, même si elle fait de lui un personnage plus actif, plus présent que son ami, doit déjà exprimer sa lassitude. Je l'imagine comme quelqu'un revenant d'une longue soirée, ou de plusieurs jours d'ivresse et d'orgie, qui joue encore le pitre bon-vivant, mais qui ne l'est plus du tout. Il s'anime et veut bien tenter le jeu de l'amour pour aider son ami, c'est tout, mais lui est un ivrogne amateur de prostituées. La rencontre avec Marianne va l'animer, parce qu'elle le séduit dès leur première rencontre, intensément, charnellement.

6. Vous dites qu'Octave joue un rôle, finalement, mais n'est-ce pas particulièrement vrai de Cœlio ?

J'aurais tendance à revaloriser Cœlio : il n'est pas que le fantoche idéaliste. Lui aussi est sans doute tombé amoureux de Marianne sous le coup du désir : il ne lui a jamais parlé ! Ce désir, il veut le concrétiser, mais en continuant à rêver, à songer à de beaux sentiments. Il a su donner des sérénades, il a tenté d'autres entremises avant celle d'Octave (Ciuta), il se rend au rendez-vous. Il n'est pas dénué de courage et il me semble finalement plus vivant, paradoxalement, qu'Octave, en fait presque déjà mort dès le début de la pièce. Cœlio est effectivement l'autre partie de Musset, avec Octave, et donc, précisément, tout aussi intéressant. N'oublions pas non plus qu'il a une mère terrible : Hermia est en effet un personnage fascinant de mère castratrice, aimante et vampirisante en même temps. Combien d'homme se reconnaîtront dans ces rapports filiaux ? combien dans Octave aussi, tellement moderne dans son désenchantement ?

7. La mise en scène doit ainsi provoquer des questions intimes chez le spectateur ?

Entendons-nous bien : d'abord, cette pièce ne propose pas de psychologie – mais des réactions au phénomène du désir, qui entraîne des transformations. Il n'est jamais question de véritable sentiment, sauf un peu pour Cœlio, mais là encore, il s'agit d'autre chose : plutôt du fantasme. En outre, plus généralement, la mise en scène n'apporte pas une lecture qui fermerait la pièce et résoudrait des ambiguïtés éventuelles : la mise en scène est une façon de répercuter les questions que toute grande pièce pose aux hommes, de les rendre sensibles. Je n'aime pas les metteurs en scènes ou les comédiens qui prétendent tout savoir : je cherche à poser des questions, dans l'esprit de l'auteur. Il me semble d'ailleurs que, paradoxalement, un mot n'a jamais vraiment de sens : on peut lui faire dire beaucoup de choses... Mais quand il est issu d'une grande œuvre, celle-ci évidemment lui donne de la profondeur, l'oriente, et la mise en scène va vraiment le faire vivre, le faire retentir, grâce au corps des comédiens.

8. Pensez-vous ainsi déjà à des consignes que vous donneriez aux comédiens interprétant Les Caprices de Marianne *?*

De la souplesse, d'abord ! Les photos de mises en scène témoignent trop souvent d'une raideur, quasiment hiératique, des personnages. Je veux que leurs corps expriment le désir, la réaction au désir, la jalousie ou la lassitude devant la vie. On doit en tout cas sentir physiquement cette force de vie, menacée à la fin de la pièce. Les comédiens seront jeunes d'ailleurs.

9. Cela implique-t-il des choix particuliers quant à l'espace, quant aux accessoires ?

J'imagine que les comédiens pourraient être habillés à la gitane : pour donner de l'ampleur à leurs mouvements, faire résonner le côté théâtral des postures d'Octave et de Cœlio, exprimer aussi le côté inquiétant de Claudio, qui a l'autorité mais se conduit en malfrat... Il me semblerait intéressant aussi de revaloriser ce personnage et son second, Tibia, en les faisant presque toujours demeurer sur scène, épiant les autres, pour alourdir encore l'atmosphère qui n'est jamais légère qu'en surface. Les changements de décors qui posaient problème après la première version de la pièce par Musset sont aujourd'hui faciles à résoudre techniquement. J'accorde beaucoup d'importance à la lumière. Par exemple, le contraste sera très marqué entre la dernière scène, que j'imagine sous une lumière blanche ou bleue, froide en tout cas, et le reste de la pièce, ou le rouge doit l'emporter, dans toute sa chaleur : ce que les deux personnages ont appris, c'est qu'il ne fallait pas « badiner » avec l'amour !

À lire, à voir...

POUR MIEUX CONNAÎTRE MUSSET ET SON ŒUVRE

- *Théâtre complet*, Alfred de Musset, coll. « Bibliothèque de la Pléiade », Éditions Gallimard, 1990.
- *Confessions d'un enfant du siècle*, Alfred de Musset, coll. « Folio classique », Éditions Gallimard, 1973.
- *Alfred de Musset*, Franck Lestringant, Éditions Flammarion, 1999.

• *Histoire de la France littéraire, Modernités, XIXe-XXe siècles*, t. III, vol. dirigé par P. Berthier et M. Jarrety, PUF, 2006.

POUR MIEUX CERNER LE THÉÂTRE DU XIXe SIÈCLE

• *Le Théâtre au XIXe siècle – du romantisme au symbolisme*, Anne-Simone Dufief, coll. « Amphi Lettres », Éditions Bréal, 2001.

• *Histoire de la littérature française du XIXe siècle*, Patrick Marot, coll. « Unichamp-Essentiel », Honoré Champion, 2001.

• *Racine et Shakespeare*, Stendhal (1823), Éditions Kimé, 2005.

• *Le Drame romantique en Europe*, Ch. Dédéyan, Éditions Sedes, 1982.

• *Le Drame romantique*, A. Ubersfeld, Éditions Belin, 1996.

POUR APPROFONDIR

À voir : *La Règle du jeu*. Film français de Jean Renoir, 1939. Scénario : Jean Renoir et Carl Koch, avec Marcel Dalio, Nora Gregor, Jean Renoir. L'intrigue, placée au XXe siècle, fait de Cœlio un jeune aviateur à succès, amoureux d'une belle jeune femme d'origine allemande, mariée à un homme riche, passionné d'automates, qui ne l'aime guère, et qui accepte d'organiser une partie de chasse et un agréable séjour dans son château sur la demande d'Octave. Celui-ci, joué par Jean Renoir lui-même, a agi ainsi pour permettre à son ami aviateur, invité, de revoir la belle Marianne. L'aristocratie et la bourgeoisie enrichie se retrouvent ainsi en un espace hors du monde, ouvert sur une extraordinaire partie de chasse qui décline le thème de la mort, sur fond festif, partie de chasse au cours de laquelle Marianne va découvrir que son mari la trompe et décidera, comme dans la pièce de Musset, de prendre un amant. L'aviateur sera tué suite à un malentendu, à la place d'Octave, qui, ami d'enfance de Marianne, a cru lui-même l'aimer, quand elle lui fait une déclaration.

Site internet : www.comedie-francaise.fr

PAPIER À BASE DE FIBRES CERTIFIÉES

Hatier s'engage pour l'environnement en réduisant l'empreinte carbone de ses livres. Celle de cet exemplaire est de : 600 g éq. CO_2
Rendez-vous sur www.hatier-durable.fr

Achevé d'imprimer par Grafica Veneta à Trebaseleghe - Italie
Dépôt légal 96229-5/05 - Octobre 2017